진수의 『삼국지』
나관중의 『삼국연의』
읽기

세창명저산책_074

진수의 『삼국지』 나관중의 『삼국연의』 읽기

초판 1쇄 인쇄 2020년 11월 6일
초판 1쇄 발행 2020년 11월 13일
–

지은이 정지호
펴낸이 이방원
기획위원 원당희
편 집 정조연·김명희·안효희·정우경·송원빈·최선희·조상희
디자인 손경화·박혜옥·양혜진   **영 업** 최성수   **마케팅** 이예희
–

펴낸곳 세창미디어

　　　신고번호 제312-2013-000002호 **주소** 03735 서울시 서대문구 경기대로 88 냉천빌딩 4층
　　　전화 723-8660 **팩스** 720-4579 **이메일** edit@sechangpub.co.kr **홈페이지** http://www.sechangpub.co.kr
　　　블로그 blog.naver.com/scpc1992 **페이스북** fb.me/Sechangofficial **인스타그램** @sechang_official
–

ISBN 978-89-5586-634-6 02820

ⓒ 정지호, 2020

이 도서의 국립중앙도서관 출판예정도서목록(CIP)은 서지정보유통지원시스템 홈페이지(http://seoji.nl.go.kr)와
국가자료종합목록 구축시스템(http://kolis-net.nl.go.kr)에서 이용하실 수 있습니다.(CIP제어번호: CIP2020045625)

세창명저산책_074

진수의 『삼국지』
나관중의 『삼국연의』
읽기

정지호 지음

세창미디어
MEDIA

우리나라 사람들에게 가장 널리 오랫동안 사랑을 받아 온 외국문학작품을 든다면 아마도 중국의 『삼국지三國志』가 아닐까 생각한다. 유비, 관우, 장비 그리고 제갈량을 비롯한 수많은 영웅의 활약상을 다룬 장대한 스케일의 삼국지는 독자들로 하여금 손에 땀을 쥐게 해 왔다. 뿐만 아니라 최근에는 만화, 게임 등 다양한 문화 콘텐츠로 활용되면서 여전히 많은 인기를 누리고 있다.

삼국지의 시대적 배경은 지금으로부터 약 1,800여 년 전인 3세기 후한시대 말기부터 위·촉·오 삼국이 항쟁하던 시기까지이다. 그런데 우리가 일반적으로 『삼국지』라고 부르는 이야기는 14세기 인물인 나관중羅貫中(생몰연대 미상)이 저술했다고 알려져 있는 『삼국연의三國演義』(또는 『삼국지통속연의三國志通俗演義』)라는 소설이 바탕이 되어 있다. 나관중은 중국 원말·명초의 소설가 겸 극작가이다. 당시 도시에서는 다양한 이야기(설화)가 유행했는데 그는 이러한 이야기를 기초로 구어체 장편소설을 썼다. 나관중은 구어체 소설 분야의 선구자라고 할 수 있는데, 시내암施耐庵과 함께 양산박의 호걸들을 다룬 『수호지水滸志』의 공동저자로도 알려져 있다.

그리고 오늘날 우리가 접하는 『삼국연의』는 명말·청초의 저명한 문학비평가인 모종강毛宗崗 부자가 최종적으로 정리한 것이다. 나관중은 삼국을 비교적 균형감 있게 서술했다는 평가를 받고 있는 데에 비해 모종강은 유비를 높이고 조조를 깎아내리는 '존유폄조尊劉貶曹'에 입각해 이야기를 전개해 나가고 있다.

『삼국연의』에서 '삼국'이 의미하는 바는 대체로 알고 있지만, '연의演義'가 무엇을 의미하는지 명확하게 알고 있는 이는 그리 많지 않다. 연의라는 말을 책명으로 처음 사용한 당나라 소악蘇鶚은 그 의미를 "부연하여 이치에 도달하도록 한다"라고 설명하고 있다. 연의를 소설에 처음 제목으로 사용한 것은 『삼국연의』인데, 역사적 사실을 근거로 한 이야기에 '연의'라는 제목을 처음 붙인 것이다. 이때 '연의'란 역사를 윤색하여 알기 쉽게 만들었다는 의미이다. 한마디로 역사를 통속적으로 이해한다는 것이다.

『삼국연의』는 당시를 다룬 역사서, 즉 중국의 정사로 분류되는 『삼국지』가 존재한다는 점에서 매우 흥미로운 시도였다. 『삼국지』는 촉蜀나라 출신으로 삼국시대 이후 들어선 진晉나라의 역사가 진수陳壽(233년~297년)가 편찬한 역사서이다. 나관중은 이 『삼국지』를 중요한 텍스트로 삼았는데, 어려운 문체로 쓰인 딱딱한 역사서를 '통속'적으로 이해해서 그 이치에 도달하도록 했다는 의미에서 『삼국연의』는 명실상부하게 『삼국지』에 대한 연의라고 할 수 있다. 하지만 『삼국연의』는 어디까지나 작가의 희구를 담은 상상력에 의해 쓰인 소설작품이라는 점을 상기할 필요가 있다. 실제로 『삼국연의』가 『삼국지』에 근거하고 있긴 하지만, 양자는 세상에 모습을 드러낸 시기만 해도 약 천 년 이상의 시차를 두고 있다.

『삼국연의』는 다양한 판본이 존재하는데, 대부분 청대 모종강 부자에 의해 총 120회로 정리된 장회소설章回小說의 형식을 띠고 있다. 장회소설이란 중국의 고전 장편소설을 지칭하는 용어로 한 작품이 일정 수의 단락으로 나뉘는 체제를 가진 것에서 비롯된 명칭이다. 장회소설은 매회를 마칠 때마다 "뒷일이 어떻게 될지 궁금한 사람은 다음 회를 보라"라는 식의 상투적인 문장을 사용해 독자들의 호기심을 자극한다. 이리하여 한번 이 책을 읽기 시작하면 손에서 놓을 수 없게 만든다.

그런데, 역사서 『삼국지』가 조조의 위나라를 정통으로 삼고 있다면, 『삼국연의』는 한나라의 후계를 자처한 유비의 촉나라를 정통으로 삼고 있다. 이러한 점에서 『삼국연의』는 『삼국지』를 모태로 해서 탄생한 작품이지만, 『삼국지』와는 역사를 바라보는 관점에서 상당한 차이를 보이고 있다. 물론 촉나라를 정통으로 서술하는 방식이 『삼국연의』에서 시작된 것은 아니다. 7세기에서 13세기에 걸친 당나라와 송나라 시기, 민간에서는 강자였던 조조를 악역으로 그려 미워하는 반면, 약자였던 유비, 그리고 관우와 장비는 널리 추앙하는 풍습이 유행하고 있었다. 특히 관우는 충성과 신의를 상징하는 인물로 받아들여져, 장사를 하는 상인들에게는 신으로까지 모셔지게 되었다.

『삼국연의』라는 문학작품은 이러한 민간설화를 토대로 해서 만들어지지만, 그 직접적인 모델은 14세기 초 원나라 지치至治 연간(1321년~1323년)에 간행된 『신전상 삼국지평화 新全相 三國志平和』

(또는 『삼국지평화』)이다. 『삼국지평화』는 민간에 전해 오던 삼국지 설화를 문자화한 텍스트 가운데 가장 오래된 것으로 알려져 있는데, 역사적 사실에 대한 오류가 지나치게 많고 황당무계한 내용을 담고 있다. 이에 비해 『삼국연의』는 『삼국지평화』의 내용을 토대로 했지만, 역사적 사실에 맞추어서 대폭적으로 수정했으며 분량도 상당 부분 늘어났다.

청대의 유명한 역사가 장학성章學誠(1738년~1801년)은 "『삼국연의』는 7할의 사실과 3할의 허구로 구성되어 있다"라고 평가하고 있다. 장학성의 말대로 『삼국연의』에는 전혀 사실무근의 내용도 있지만, 역사적 사실에 절묘하게 가탁해 쓴 내용도 상당히 들어가 있다. 따라서 일반 독자들이 볼 때 어디까지가 사실이고 어디까지가 창작인지를 밝혀내기란 그리 용이하지 않다. 이러한 점에 착안해서 최근에는 『삼국연의』의 허구성을 분석한 연구도 다수 진행되어 있다.

사실 『삼국연의』는 앞서 소개한 장학성의 말과는 반대로 3할의 사실과 7할의 허구로 이루어져 있다고 해도 과언이 아니다. 게다가 애써 사실로 분류할 수 있는 부분도 흥미를 더해 과장되었거나 소략한 부분이 많다는 것을 감안한다면, 거의 대부분의 내용이 허구적 세계를 그리고 있다고 할 수 있다.

그런데 역사적 사실에 가탁해서 쓴 이 소설에 시대와 장소를 불문하고 많은 사람이 열광했고 현재도 여전히 그 열기가 사그라지지 않는 이유는 무엇일까? 사실 몇몇 『삼국지』 관련 전문가를 제외하면 일반 독자들은 역사서 『삼국지』에 대해서는 그다지 관심을 보이지 않았다. 역사는 '사실'을 있는 그대로 냉철하게 바라보는 시각을 길러 문제 해결 능력을 키우는 데 중요한 역할을 한다고 생각한다. 그런데 『삼국연의』가 말해 주듯이 소설은 역사서와는 다른 생명력을 지니고 대중들에게 널리 오랫동안 사랑을 받아 왔다.

이렇게 대중의 사랑을 광범위하게 받아 왔던 것은 "승자는 역사를 쓰고 패자는 소설을 쓴다"라고 하듯이 아마도 소설이 대중들이 이루지 못한 현실에 대한 희구를 담고 있기 때문일 것이다. 이러한 점에서 『삼국연의』의 세계는 단지 역사에 대한 왜곡이 아니라 현실을 초월하고자 하는 대중들의 염원이 만들어 낸 '꿈의 역사'라고 볼 수도 있지 않을까 생각한다. 이룰 수 없었던 꿈에 대한 갈망을 담아 문학을 창조한다는 것은 어떤 의미에서 '길'을 만드는 일이 아닐까?

일찍이 근대 중국의 대문호 루쉰은 그의 작품 「길」에서 "희망이란 본래 있다고도 할 수 없고 없다고도 할 수도 없는 길과 같다. 원래 지상에는 길이 없었는데, 걸어 다니는 사람이 많아지면서 길이 생겨났다"라고 말한 바 있다. 희망을 담아 창작하는 일은 어쩌면 존재하지 않았던 곳에 길을 만드는 일과 같을 것이다. 이러한 점에서 『삼국연의』는 중국 대중들의 본래 있었던 길 끝 도착지의 현실 너머에 대한 갈망이 만들어 낸 결과일 것이다.

  걸어 다니는 사람들이 많아지면서 만들어 낸 길을 나는 '희망의 수행성'이라고 부른다. 그렇다면 그들이 호응을 통해 만들어 낸 길 끝에서 추구한 세계는 과연 어떠한 세계였던 것일까? 그들이 추구했던 대안의 세계가 무엇이었는지를 알기 위해서는 소설 『삼국연의』의 세계를 역사서 『삼국지』와 비교해서 읽어 볼 필요가 있다.

  본서는 역사학자의 견지에서 우리에게 익숙한 『삼국연의』의 세계를 살펴보고 나아가 일반 독자들에게는 그다지 익숙하지 않은 『삼국지』의 세계를 함께 살펴보고자 한다. 역사학자 김기봉은 "역사는 사실을 통해 진리를 설명하고 소설은 허구를 통해 진실을 설명한다"라고 언급한다.

　『삼국연의』가 허구를 통해 설명하고자 했던 진리는 무엇인가? 이에 대한 해답을 추구하는 여정은 오늘날에도 우리가 왜 『삼국연의』를 읽어야 하는지에 대한 해답을 가져다줄 것이라고 기대한다.

| 차례 |

머리말 · 4

제1장
황건적의 난과 도원결의

『삼국연의』는 "무릇 천하의 대세는 나누어진 지 오래되면 반드시 합쳐지고 합쳐진 지 오래면 반드시 나누어지는 법이다"라는 언명으로 시작한다. 이는 『맹자孟子』 등문공滕文公 장의 "천하가 생겨나 오래되니 한 번 다스려지면 한 번 어지러워진다(天下之生久矣, 一治一亂)"로 잘 알려진 중국의 전통적 역사관이다. 『삼국연의』는 이를 전면에 내세움으로써 이 책이 단지 허구와 가상의 세계를 다룬 소설이 아니라 생생한 역사를 다루고 있는 책이라는 인식을 독자들에게 암시하고 있다.

『삼국연의』는 이어서 일치일란의 구체적 사례로서 주 왕조 말기, 춘추전국시대의 분열, 진 제국의 통일, 초와 한의 항쟁에서 한 제국의 통일, 그리고 삼국으로의 분열을 언급하고 있다. 이러한 언급은 『삼국연의』가 분열의 시기를 다루지만, 이것은 결국 통일을 향한 과정으로서의 분열이며, 이 대여정이 끝나면 통일이 이루어질 것이라는 내용을 암시한다.

역사서 『삼국지』는 등장인물의 행적을 시기순으로 건조하게 서술하고 있다. 이에 비해 소설 『삼국연의』는 작가의 상상력을 더해 사안을 입체적이고 극적으로 묘사하고 있다. 이는 독자들에게 『삼국연의』를 역사서보다 훨씬 역동적으로 받아들이게 할 뿐만 아니라 강렬한 인상을 남겨 오히려 더 '역사적'이라고 믿게 하는 무한한 힘을 발휘한다.

『삼국연의』는 대장군 두무竇武와 태부 진번陳蕃이 환관 조절曹節의 전횡에 맞서 서로 협력하여 저항하는 이야기로 막을 열고 있다. 두 사람은 황제를 등에 업고 권력을 농단하는 조절을 제거하고자 도모했으나 사전에 비밀이 누설되어 살해되고 만다(『삼국연의』 제1회).

후한 말기, 황제는 외척 세력의 농단을 막기 위해 환관을 중용하는데, 환관 역시 황제의 총애를 바탕으로 가렴주구를 일삼아 폐해가 막심했다. 이에 유교적 교양과 지식을 겸비한 지식인들(청류파)이 저항하자 환관들은 이들을 투옥하여 관직 등용을 영원히 금지시킨다. 이를 당고黨錮라고 하는데 환관 조절에 대한 두무와 진번의 대항은 바로 이러한 사건을 배경으로 하고 있다.

후한 11대 황제 환제桓帝(재위 146년~168년)가 후사 없이 사망하자 환제의 황후 두씨와 두무의 옹립으로 12세에 불과한 영제靈帝(재위 168년~189년)가 즉위한다. 이에 황후인 두씨가 섭정을 하면서 두태후의 오빠인 두무가 정치 일선에 등장한다. 환관과 권력다툼을 하던 두무는 당고에 처해진 진번과 이응을 재임용해서 환관 세력을 일소하고자 했다. 그러나 환관 측에게 기선을 제압당해 두무는 자살하고 진번 등 70여 명은 처형되었다. 이로부터 황건적의 난이 발생한 176년까지 소위 청류파로 불린 유교 지식인은 조정에서 자취를 감추게 되었다.

『삼국연의』가 환관이 권력을 장악하게 되는 사건으로 이야기의 포문을 연 것은 후한 왕조의 멸망과 이후 전개되는 삼국시대 분열의 직접적 원인을 환관의 전횡 탓으로 돌리는 인식을 반영하고 있는 것이다. 후한 말기의 정치적 불안 속에서 184년 하북성河北省 평향현平鄕縣 출신인 장각張角이 태평도를 조직해 반란을 일으켜 수십만의 신도가 일제히 봉기했다.

"푸른 하늘이 죽었으니 누런 하늘이 서야 하리(蒼天已死 黃天當立),
갑자년이 되면 천하가 크게 길하리라(歲在甲子 天下大吉)."

— 『삼국연의』 제1회

이들은 이런 말을 퍼트리고 머리에는 누런 두건을 썼기 때문
에 황건적이라고 불리었다. 여기서 푸른 하늘은 한나라를 의미
하고 누런 하늘은 황건적의 세상을 의미한다. 장각은 '과거시
험에 낙제한 서생(不第秀才)'으로 등장한다. 그러나 후한시대에는
아직 과거제도가 없었기 때문에 과거낙제생이 존재할 리 없다.
그럼에도 나관중이 장각을 과거에 낙제한 서생으로 묘사한 것
은 이 작품이 쓰인 시대적 배경을 반영하고 있는 것이다.

중국에서 과거가 전면적으로 시행된 시기는 송나라 시기부
터인데, 이후 현실에 불만을 품은 자는 대체로 과거에 실패한
지식인이었다. 나관중 역시 여러 차례 과거에 응시했지만 합
격하지 못했으며, 모종강 역시 문장에는 뛰어났지만, 벼슬길에
는 나아가지 못했다. 과거는 1905년 공식적으로 폐지될 때까지

전통 중국 사회의 출세를 위한 등용문이었지만, 여기에서 벗어나면 주류 사회로의 진입이 좌절되었음을 의미하는 것이기도 하다.

『삼국연의』의 작가는 장각에게 자신의 좌절을 투영하고 장각이 세우고자 했던 새로운 세상의 염원에 대한 이해를 드러내 보여 주었던 것이 아닐까? 실제로 훗날 청나라 말기에 이르면 여러 차례 과거시험에 낙제한 뒤 '배상제회'를 결성해서 태평천국의 난을 일으킨 홍수전洪秀全이라는 인물이 등장한다. 그야말로 『삼국연의』의 작가가 그리고자 했던 인물의 전형이 역사상으로 등장한 것이다.

황건적의 난이 발생해 전국이 혼란의 도가니에 휩싸이게 되자 조정에서는 노식盧植(?~192년)과 황보숭皇甫嵩, 주준朱儁에게 명을 내려 이들을 진압하게 한다. 『삼국지』의 주역인 조조曹操(155년~220년)와 손견孫堅(156년~192년)은 이들을 도와 맹활약을 하면서 역사 서사의 전면에 등장한다. 그리고 『삼국연의』의 실질적 주인공인 유비劉備(161년~223년)는 유주 탁군涿郡(현 허베이성 쥐저우시) 출신으로 전한 6대 경제의 아들인 중산정왕의 자손이다. 비록 한 황실의 후손이라고는 하지만, 홀어머니를 모시고 돗자리를 짜서 근근이 입에 풀칠하는 정도의 빈민 출신이었다.

유비는 귀가 어깨에 닿을 정도로 부처님과 같은 큰 귀를 가졌다고 한다. 그는 젊어서 책 읽기보다는 의로운 사람들과 사귀기를 좋아한 것 같다. 젊은이들이 앞다투어 그를 가까이했다는 것으로 보아 유비는 의협심이 강하고 덕이 깊어 동료들로부터 인망이 두터웠던 인물이라고 할 수 있다. 이러한 유비의 모습은 마치 한나라를 세운 고조 유방의 모습을 연상시킨다. 유방 역시 의협심이 강했던 협객으로 사람을 끌어당기는 카리스마가 있었다고 한다. 나관중은 유비를 은연중에 유방과 매치시켜 그가 한 제국의 정통계승자라는 인식을 심어 주고 있다.

유비는 후한 말기의 대학자 정현鄭玄(127년~200년)과 명사 노식의 문하에서 수학한 것으로 그려지고 있다(『삼국연의』 제1회). 그리고 훗날 유비가 서주를 점거한 후 원소袁紹(?~202년)에게 도움을 청하는 편지를 정현에게 부탁하자 흔쾌히 승낙했다고 한다(『삼국연의』 제22회). 유비가 동향 출신의 명사 노식에게 학문을 배웠다는 사실은 『삼국지』에도 기록되어 있으나 정현에게서 학문을 배웠다는 사실은 나관중의 창작이다.

정현은 후한 말기 고문 즉, 훈고학訓詁學을 위주로 하면서도 금

문학今文學을 아울러 연구해서 일가를 이룬 대학자로 유가의 경전 해석에 커다란 공적을 남긴 인물이다. 나관중은 유비가 당시 저명한 유학자였던 정현에게 학문을 전수받았다는 것을 통해 그가 학문적으로도 뛰어났다는 것을 간접적으로 드러내고 싶었던 것이리라.

『삼국지』에서는 정현은 원소의 부름에 대해 지병을 핑계로 여러 차례 거절하다가 관도 대전官渡大戰 당시 어쩔 수 없이 응해 가다가 도중에 병사하고 만다. 여하튼 정현과 같은 대학자가 권력자 원소에게 기꺼이 추천장을 써 줄 만큼 유비의 신뢰가 높았다는 사실을 소설은 간접적으로 말하고 싶었던 것이다.

황건적의 난이 일어나자, 유주 태수 유언劉焉은 의병을 모집하는 방을 내건다. 이를 계기로 난세를 염려하던 유비는 우연히 장비張飛(167년~221년)와 관우關羽(162년~219년)를 만나게 된다. 천하가 어지러우니 바로 세워야 할 필요가 있다는 데 의기투합한 세 사람은 장비의 도원에서 의형제를 맺는다. 이것이 그 유명한 '도원결의桃園結義'이다.

그리고 세 사람이 의병을 모집하니 무려 5백여 명의 사람들이 자원해 몰려온다. 유비 삼 형제는 이렇게 몰려든 의병을 거

도원결의

느리고 유언을 도와 황건적을 진압하는 데 큰 공을 세운다. 한 황실의 후손이라고는 하나 돗자리를 팔아 생계를 유지하던 유비가 드디어 천하에 이름을 알리게 되는 순간이다(『삼국연의』 제1회).

도원결의는 유비와 관우, 장비가 비록 한날한시에 태어나지는 않았지만, 한날한시에 죽기를 바라며, 형제의 의를 저버릴 경우에는 천벌을 받을 것이라는 내용을 담고 있다. 도원결의는 훗날 남자들 사이의 우정을 이야기할 때 빼놓을 수 없는 로망

이 되었다. 그런데, 도원결의는 역사서에는 없는 나관중이 만들어 낸 창작이다. 『삼국지』에는 유비와 관우, 장비의 정이 형제와 같았으며, 험난한 전쟁터에서 고난을 같이했다고만 기록하고 있을 뿐이다(『삼국지·촉서』「관우전」).

본래 결의란 '맹盟'을 말하는 것으로 후한 말기에는 상인이나 무뢰배(불량한 무리)와 같이 사회적 하층민 사이에서 유행하던 행위이다. 당연히 지식인들로부터는 저속한 행위로 간주되어 경멸의 대상이 되었다. 따라서 만약에 유비와 관우, 장비가 실제로 도원결의를 했다고 한다면 당시로서는 그들이 지식인 계층과는 거리가 멀었다는 것을 보여 주는 것으로 해석할 수 있다.

실제로 『삼국지』에도 언급하고 있듯이 유비는 의병을 모집하는 데 필요한 자금을 중산中山의 대상인 장세평張世平과 소쌍蘇雙에게 지원을 받는다. 유비는 어머니와 함께 돗자리를 팔아 생계를 이어 가던 장수였기 때문에 평소 상인들과는 친밀한 관계를 맺고 있었을 가능성이 있다.

한편 유비는 노식 문하에서 동문수학하던 공손찬公孫瓚과 가까운 사이였다. 『삼국지』 배송지 주에 인용된 『영웅기』에 따르면, 공손찬은 사대부를 포함한 지식인층에 대해 혐오감을 가지고 있던 인물로 상인들을 관료로 등용하기도 하고, 점쟁이와 비단 장수, 상인 등과 형제의 결의를 맺었다고 서술하고 있다. 따라서 도원결의는 공손찬을 모델로 삼았을 가능성도 생각해 볼 수 있다.

그런데, 『삼국연의』가 등장하는 원명 시기에 이르면 결의에 대한 사회적 의미가 크게 변화한다. 원명 시기에는 사회적 변화가 격심해서 기존 향촌 조직이나 혈연 조직 안에서 안주해 생활하는 것이 어려워졌다. 그 결과 상인이나 무뢰배만이 아니라 일반 농민에서부터 지식인 사회에서까지도 널리 결의를 맺어 자신들의 삶을 지탱하고자 했다.

따라서 도원결의는 작가가 살던 시대상이 반영된 것으로 보인다. 어쨌든 유비와 관우, 장비는 황건적의 난이 발생한 184년 전후에 만나서 죽음으로 헤어질 때까지 대략 30여 년을 동고동락同苦同樂했다. 세 사람은 죽을 때까지 파란만장한 삶 속에서 서로를 배신하지 않고 친형제 이상으로 삶을 같이한 것이다. 이 점을 생각해 보면 도원결의는 사실과 허구에 상관없이 진실 그 이상을 담고 있었던 것이다.

『삼국연의』에서 유비 삼 형제는 유주와 청주 지역에서 황건적을 대대적으로 물리친 후 나아가 황보숭, 주준과 스승인 노식을 도와 황건적의 난을 진압하는 데 맹활약을 한다. 한편, 『삼국지』에서는 조조와 손견이 황건적 토벌군의 총대장인 황보숭과 주준을 도와 커다란 공을 세우면서 화려하게 등장한다. 이에 비하면 유비는 의병을 모아 유주 탁현의 지역전에 참가하는 데 그치고 있다. 『삼국지』를 통해서 보았을 때 유비는 훗날 막강한 라이벌이 되는 세력들에 비해 그리 화려하게 등장했다고는 할 수 없다.

그러나 유비는 강력한 호족의 도움 속에 등장하는 조조와 손견과는 달리 스스로 협객집단을 조직하여 등장한다. 이는 유비가 맨주먹으로 일어섰다는 것을 의미하며 바로 이 점을 『삼국연의』의 작가는 높게 평가한 것이라고 생각한다. 수많은 독자가 조조나 손견보다 유비에게 일체감을 느껴 오랜 시간 유비를 응원하고 아끼는 것도 바로 그러한 이유 때문일 것이다.

유비는 황건적의 난을 진압하는 데 큰 공을 세웠지만, 출신 성분이 미천한 데다가 뇌물을 주지 않아 아무런 벼슬도 받지 못하다가 낭중 장균의 상소로 안회현의 관리로 부임하게 된다.

이는 비록 미관말직에 불과하나 돗자리 장수에서 현의 관리로 부임하게 된 것으로 마침내 유비가 출세의 첫발을 내딛게 된 것이라고 할 수도 있다.

하지만 『삼국연의』에서는 유비가 큰 공을 세웠음에도 불구하고 출신 성분 등의 제약으로 제대로 인정받지 못하는 것으로 묘사를 하고 있다. 이는 당대의 현실이 출자 신분에 따라 차별이 존재하는 사회라는 문제의식을 드러낸 것이다. 이처럼 태생적 한계를 안고 있는 유비가 천하를 제패하는 꿈을 실현하기 위해서는 매우 많은 난관을 넘어서야만 한다. 그리고 태생적 한계를 안고 저마다 고군분투하며 살아가는 『삼국연의』의 독자들은 유비의 고군분투를 바로 자신의 문제로 받아들이는 것이다.

안회현의 관리로 부임한 지 얼마 안 되어 유비는 황제의 명을 받들고 내려온 독우督郵와 만나게 된다. 독우란 조정에서 파견된 감찰관으로 황건적 토벌의 군공으로 관리가 된 자 중에 탐관오리가 있는지 그 여부를 조사하여 발각하면 파면 등의 조치를 취했다. 그런데 유비는 독우가 요구하는 뇌물에 응하지 않아 파면당할 위기에 처한다. 이 사실을 안 장비는 홧김에 술을 몇 잔 마시고는 독우를 말뚝에 묶고 버들가지로 매질을 한다(『삼국연의』 제2회). 이 일화는 장비가 독우를 매질한 사건으로 유명하다.

이 사건에 대해 『삼국지』는 유비가 공무로 온 독우를 만나기를 청했으나 거절당하자 안으로 뛰어 들어가 그를 묶고 곤장 200대를 때렸다고만 기록하고 있다(『삼국지·촉서』「선주전」). 아마도 조정에서 파견된 고위 관료가 일개 지방 관리의 면담 요청에 응하지 않았던 듯하며 이에 화가 난 유비가 폭력을 행사한 것으로 보인다.

그런데 이 기록에는 납득하기 어려운 점이 있다. 아무리 조그만 현의 관리라고 해도 유비가 느닷없이 조정에서 파견된 관리를 패고 힘들게 얻은 관직을 헌신짝처럼 내버릴 수 있었을까 하는 점이다. 당시 황제의 권력을 믿고 제멋대로 권력을 휘둘렀던 환관 십상시+常侍는 돈을 받고 관직을 팔아 막대한 부를 축적했다. 그들이 군공을 세워 관직을 얻은 유비를 제거하기 위해 탐관오리를 조사한다는 명목하에 독우를 파견했던 것은 아닐까?

황건적 토벌에 혁혁한 공을 세운 노식 역시 환관 좌풍左豐에게 뇌물을 바치지 않았다는 이유로 파직당한 일화는 유명하다. 『삼국연의』의 작가는 비록 탐관오리라고 해도 후덕하고 정이 많은 유비에게 조정에서 파견된 관리를 폭행하는 악역을 시킬 수는 없었던지 독우 매질 사건을 장비에게 떠맡기고 있다. 이유야 어떻든 장비가 탐관오리를 매질하는 장면은 평소 관리들의 수탈에 시달려 온 서민 대중들에게는 짜릿한 쾌감을 가져다주었을 것이다. 그리고 이 카타르시스는 바로 『삼국연의』가 주는 커다란 매력 중의 하나일 것이다.

『삼국연의』에서 장비는 술 팔고 돼지 잡는 백정 출신으로 등장한다. 장비는 용감무쌍하게 전투에 임하는 사람으로 그려지지만, 자신의 감정을 제대로 조절하지 못하는 망나니로도 묘사된다. 실제 장비는 유비와 같은 탁군의 엘리트 출신으로 시서화에도 능한 문무를 겸비한 인물로 알려져 있다. 『삼국지』의 저자 진수는 장비에 대해서 지혜와 용맹을 겸비한 호걸이며, 관우와 더불어 만인萬人의 적敵을 대적할 만한 인물이라고 높게 평가하고 있다(『삼국지·촉서』「장비전」).

『삼국연의』에서 장비를 단순무식하고 거친 성격의 소유자로 묘사한 것은 아마도 이야기의 극적 성격을 위한 배치라고 이해

할 수 있다. 실제 문무를 겸비한 장비의 모습은 관우와 성격이 겹치기 때문에 피할 필요가 있었을 것이다. 물론 『삼국연의』가 장비를 술 좋아하고 싸움 잘하는 철부지로만 그리고 있는 것은 아니다. 장비는 술과 돼지를 파는 장사꾼일 뿐만이 아니라 중국 전통사회에서 은행 역할을 했던 전장錢莊도 소유할 만큼 재력가로도 등장한다. 도원결의의 무대 배경이 되는 복숭아밭(도원)도 실은 장비의 소유이다.

게다가 후에 서술하겠지만, 장비는 '장판교 싸움'에서 기지를 발휘해 소수의 병력으로 조조의 대군을 물리친다. 그리고 위나라의 명장 장합張郃을 지략을 써서 한중漢中에서 초토화시키고, 파촉을 공략할 때에는 적장 엄안嚴顔을 마음으로부터 복속시켜 파촉을 정벌하는 일등공신이 되기도 한다. 이를 통해 알 수 있듯이 그는 지략을 겸비한 맹장이었다. 어쩌면 『삼국연의』에서 장비는 다혈질적이고 호탕하며 망나니와 같으면서도 재력 및 지략, 그리고 용맹함을 두루 겸비한 장수로 묘사되었기 때문에 오히려 대중들에게 더 친근한 존재가 된 것은 아닐지 모르겠다. 훗날 장비의 두 딸은 차례로 유비의 뒤를 이어 즉위한 2세 황제 유선劉禪의 황후가 되기도 한다.

제2장
동탁의 전횡과 혼미한 정국

황건적의 난이 진압된 후에도 후한 왕조는 여전히 외척과 환관의 권력 투쟁으로 인해 혼미를 더해 갔다. 그리고 이렇게 사회의 혼란이 더해 가던 중평 6년(189) 4월, 영제가 사망한다. 영제에게는 두 명의 아들이 있었는데, 하何태후와의 사이에 낳은 유변劉弁과 왕미인(미인은 귀비 다음의 측실)이 낳은 유협劉協이다. 하태후가 낳은 유변이 소제少帝(재위 189년 5월 15일~189년 9월 28일)로 즉위하자 하태후의 이복 오빠 하진何進(?~189년)이 실권을 잡게 된다.

본래 하진은 도축업으로 부를 쌓아 뇌물을 써서 이복 여동생을 후궁으로 들여보냈는데, 영제의 총애로 여동생이 태후가 되자 대장군에 즉위하여 권력을 잡게 되었다. 하진은 궁궐 내의 환관 세력을 일소하기 위해 병주幷州(현 산시성 타이위안시 서남부)에 있던 동탁董卓(?~192년)을 불러들인다. 최고 권력을 장악한 그가 일개 환관 세력을 몰아내기 위해 굳이 동탁을 궁으로 불러들인 이유는 무엇일까?

하진은 본래 무관 출신이 아니기 때문에 대장군이라는 최고 직위에 오르기는 했지만, 자신의 직속 군사를 보유하지는 못했다. 그는 또한 실전 경험이 전혀 없었기 때문에, 당시 부관으로 있던 명문가 출신 원소와 은밀히 계획을 도모했다. 원소는 기회를 틈타 환관들을 모두 제거해야 한다고 진언한다. 그러나 환관들에게 둘러싸여 보위를 받고 있던 하태후가 만류하자 하진은 환관을 제거하는 것을 주저한다(『삼국연의』 제2회).

그 대신 원소에게 낙양의 무장 관리들로 하여금 환관들을 감시하도록 했다. 이에 따라 원소는 자신의 이복동생으로 궁궐 내의 경호를 담당하는 호분중랑장虎賁中郎將 원술袁術(?~199년)에게 병사 200명을 선발하여 황궁으로 들어가 환관들을 감시하게 한다. 이를 눈치챈 환관들은 자신들의 안위가 위험할 수 있다는 판단하에 역습에 나섰다. 하태후의 명을 위장해서 방심한 채 궁중으로 들어오는 하진을 살해한 것이다.

환관들은 하진만 살해하고 나면 자신들의 안위는 보장될 것이라고 믿었지만, 이는 커다란 오판이었다. 하진이 살해되자 더 이상 거칠 것이 없던 원소와 원술은 부하 장병을 거느리고 궁궐로 쳐들어가 환관들을 노소 불문하고 닥치는 대로 죽였다(『삼국연의』 제3회). 『삼국지』에는 죽은 자가 십상시를 포함하여 모두 2천여 명에 이르렀다고 기록하고 있다.

이렇게 갑자기 외척과 환관 세력이 모두 사라지는 권력의 공백을 틈타 동탁이 새로운 실세로 급부상하게 된다. 『삼국연의』에서 동탁은 황건적 우두머리인 장각의 군사에게 패해 곤경에 처해 있었는데, 이때 유비 삼 형제에게 도움을 받아 겨우 위기를 모면하는 모습으로 처음 등장한다. 그런데 유비 삼 형제가 모두 관직이 없는 의병이라는 것을 알자 감사의 예를 표하기는 커녕 무시하기까지 한다.

이처럼 동탁은 처음부터 무능하고 오만한 인물로 등장하여 독자들에게 밉상이라는 인상을 남기고 있다. 동탁이 유비 형제의 도움을 받아 위기를 모면했다는 이야기는 『삼국연의』의 작가가 만들어 낸 창작이지만, 황건적 토벌에 실패해서 파직된 것은 사실이다. 이렇게 오만하고 무능하기까지 해 보이는 인물이 어떻게 갑자기 국정을 농단하게까지 되었을까?

동탁은 농서군隴西郡 임조현臨洮縣(현 간쑤성 민현) 출신이다. 이 지역은 티베트계의 강족羌族과 한족이 섞여 살고 있는 곳으로 알려져 있다. 동탁은 젊었을 때 강족들이 사는 지역을 유랑하며 강족의 우두머리와 두텁게 친분을 쌓았다. 훗날 고향으로 돌아와서 농사를 지을 당시, 강족 무리가 찾아오자 밭 갈던 소를 잡아 연회를 베풀어 주기도 했다.

또한 중랑장 장환張奐을 따라 병주를 정벌하는 데 공을 세워 비단 9천 필을 하사받았는데, 이를 모두 병사들에게 나누어 주었다고 한다(『삼국지·위서』「동탁전」). 이러한 기록을 보면 동탁은 당초 우리가 갖고 있는 이미지와는 달리 사사로운 이익에 얽매이지 않는, 배포가 크고 의협심 넘치는 인물이었는지도 모르겠다.

『삼국연의』에서는 하진이 하태후의 영향으로 환관들을 일소하는 일을 망설이자 원소가 다음과 같이 진언했다.

"그렇다면 지방의 영웅들을 불러들여 저들(환관)을 없애십시오.

그러면 일이 급하게 되어 태후 마마도 어쩌지 못하실 것입니다."

— 『삼국연의』 제2회

이 말을 듣고 하진은 각 지방의 장군들에게 격문을 보내 군사를 낙양으로 불러들였다. 그런데, 『삼국지』에 의하면 실제로 하진이 부른 것은 병주 자사뿐이다. 당시 병주 자사 정원丁原은 낙양에서 가까운 상당군上黨郡에 주둔하면서 수도방위의 임무를 맡고 있었다. 그 후 정원의 후임으로 병주 자사에 임명된 것이 동탁이었지만, 동탁은 아직 자신의 출신지 양주涼州에 머물러 있었다.

하진은 바로 이 두 사람에게 상경을 명했던 것이다. 『삼국연의』에서 하진이 각 지방의 장군들에게 격문을 보내 군사를 낙양으로 불러들이지만, 동탁의 무례한 행위에 대해 유독 정원만이 사사건건 문제를 제기하며 대립하게 되는 배경에는 이러한 연유가 있었던 것이다.

황건적의 난을 평정하는 전투에서는 소극적으로 대처하면서 정세를 관망하던 동탁은 조정에서 상경하라는 명령을 받자 급히 군사를 움직였다. 잘하면 천자를 끼고 천하를 호령할 수 있는 절호의 기회라고 판단했을 것이다. 동탁의 군사가 낙양에 도착할 즈음, 낙양의 정세는 급변했다.

환관들을 총애하던 영제가 사망하고 어린 소제가 즉위했으며, 외척 하진이 환관의 역습으로 살해되자 원소가 환관을 모두 없애 버린 상황이 발생한 것이다. 외척과 환관이 모두 사라지고 만들어진 권력의 공백 상황에서 동탁은 3천 명의 정예병을 이끌고 낙양으로 들어왔다. 그리고 동탁은 하진 및 그의 동생 하모의 군사를 접수하면서 순식간에 조정의 권력을 장악했다.

이제 동탁에게 대항할 수 있는 세력은 정원밖에 없었다. 동탁은 소제를 폐하고 소제의 이복동생인 진류왕(유협)을 새로운 황제로 세우려고 했다. 소제에게는 어머니 하태후가 있어 마음대로 할 수 없었지만, 진류왕은 어머니 왕미인이 하태후에게 죽임을 당해 아무런 뒷배경이 없었기 때문이다. 이러한 동탁의 계획에 역시 정원이 반기를 든다(『삼국연의』 제3회). 당시 정원은 수도권의 행정과 치안을 담당하는 집금오執金吾에 임명되었기 때문에 동탁을 견제할 수 있는 유일한 세력이었다. 게다가 그의 휘하에는 맹장 여포呂布(?~198년)가 있었다.

여포의 자는 봉선奉先으로 현 내몽골 자치구 바오터우시에 해당하는 오원군五原郡 출신이다. 그는 "활쏘기와 말타기에 능숙했고, 남보다 힘이 세서 자신을 비장飛將이라고 불렀다"(『삼국지·위서』「여포전」)고 한다. 비장이란 전장을 날아다니는 장수라는 의미로 전한 무제 때의 명장 이광李廣을 일컫는 이름이다. 이광은 궁술과 마술에 뛰어나 당시 흉노들이 모두 그를 '비장'이라 부르며 두려워했다. 여포는 스스로가 자신을 이광에 빗대어 비장이라고 할 정도로 궁술과 마술에 뛰어났다. 그리고 여포는 명마를 가지고 있었는데, 그 말이 바로 유명한 적토마이다. 당시 사람들 사이에서 "사람 중에는 용장 여포가 있고, 말 중에는 명마 적토가 있다(人中呂布 馬中赤兎)"라는 말이 회자될 정도였다. 이 적토마는 조조의 '절영絶影', 유비의 '적로的盧'와 함께 역사서에 이름이 등장하는 몇 안 되는 명마이기도 하다.

『삼국지』에는 동탁이 "여포를 꾀어 정원을 살해하도록 하니, 여포가 정원의 머리를 베어 동탁에게 바쳤다"(『삼국지·위서』「여포전」)라고 짤막하게 언급할 뿐, 동탁이 어떻게 여포를 회유했는지에 대해서는 언급이 없다. 그런데 『삼국연의』에서는 동탁이 평소 말을 좋아하는 여포에게 자신이 아끼던 명마 적토마를 선물로 보내 회유하는 것으로 이야기를 전개하고 있다(『삼국연의』제3회).

여포와 적토마가 만나는 장면은 역사서의 건조한 기록에 극적 재미를 더해 준다. 건조한 역사적 기록에 작가의 상상력을 더해 독자들을 흥미진진한 역사의 현장으로 이끌고 있는 것이다. 여포는 자신의 욕망에 취약했던 배신의 아이콘으로 등장하지만, 그의 배신은 동탁의 집권을 안정화시키는 기제이며 동시에 동탁을 죽여서 역사의 흐름을 바꾸어 놓는 중요한 역할을 한다.

여포를 회유하는 데 성공한 동탁에게 대항할 수 있는 세력은 더 이상 존재하지 않았다. 동탁은 소제를 폐한 후, 진류왕을 세워 헌제獻帝(재위 189년~220년)로 삼고 자신은 관직 중 최고 지위인 상국相國에 취임하여 국정을 농단하게 된다. 말 그대로 천자를 옹위해서 천하를 호령하는 형세였다. 『삼국지』에서 동탁은 "성격이 잔인하고 비정하며 가혹한 형벌로 사람들을 위협하고, 아주 작은 원한도 반드시 보복해서 사람들은 자신의 안전을 지킬 수가 없었다"(『삼국지·위서』「동탁전」)라고 기록하고 있다.

동탁의 전횡을 보다 못한 조조는 사도司徒 왕윤王允(137년~192년)에게 칠보도七寶刀를 빌려 동탁 암살을 시도하지만 실패하고 도

조조가 동탁에게 칠보
도를 바치다

주한다. 조조는 자신을 구해 준 진궁陳宮과 함께 고향 쪽으로 달
아나다 여백사의 집에 투숙하게 되는데 여백사가 자신을 죽이
려는 것으로 의심하여 여백사의 전 가족을 몰살하고 만다. 그리
고는 이를 질책하는 진궁에게 "내가 천하 사람을 저버릴지언정
천하 사람이 나를 저버리게 할 수는 없다"라는 명대사를 남긴다
(『삼국연의』 제4회).

　여백사에 관한 일화는 역사서에는 없는 나관중의 창작이다.
나관중은 허구적 사실을 통해 조조를 잔혹한 인물로 묘사하면서도 천하를 좌지우지할 수 있을 정도의 인물이라는 강렬함을 독자들에게 심어 주고 있다.

이후 조조가 동탁을 제거하자는 격문을 올리자, 관중關中의 18로 제후가 연합군을 형성해서 동탁과 대결을 한다. 공손찬을 따라서 유비 삼 형제도 이 전투에 참전하는데, 여기에서 마궁수 신분으로 참전한 관우의 활약이 두드러진다. 당시 제후군은 사수관汜水關에서 동탁의 명장 화웅華雄에게 패해 곤경에 처했는데, 관우는 조조가 따라 준 술이 채 식기도 전에 화웅의 목을 베고 돌아온다. 다른 제후와는 달리 관우의 활약을 높이 평가한 조조의 모습에서 알 수 있듯이 이 사건은 앞으로 전개될 두 사람의 운명적 만남을 예견하는 복선이기도 하다.

이후 유비 삼 형제는 호뢰관虎牢關 싸움에서도 천하무적인 여포를 상대해 호각지세의 격렬한 싸움을 벌인다(『삼국연의』 제5회). 특히 유비는 쌍고검을 휘두르며 여포와 결전을 벌이는데, 이는 『삼국연의』에서 유비가 몸소 무기를 들고 싸운 처음이자 마지막의 유일한 싸움이라는 점에서 매우 귀중한 장면이다. 나관중은 이 두 싸움에 유비 삼 형제를 극적으로 등장시켜 역사서에서는 볼 수 없는 강렬한 인상을 독자들에게 심어 주었다.

破關
兵三
英戰
呂布
菊潭

호뢰관의 여포와 유비 삼 형제

동탁은 18로 제후 연합군이 자신에게 대항할 움직임을 보이자 헌제를 낙양에서 장안으로 옮기고 천도를 단행한다. 황제를 자신의 출신지로 끌어들여 안정된 기반을 확보한 것이다. 게다가 제후 연합군이 이렇다 할 성과를 올리지 못한 채 해산하자 동탁에게는 더 이상 거칠 것이 없었다. 그러나 적은 가까이 있었다. 당시 자신이 임명한 사도 왕윤이 여포를 끌어들여 암살 계획을 세우고 있었는데 동탁은 이 사실을 전혀 눈치채지 못했다. 등잔불 밑이 어두운 법이다.

 본래 여포는 자신이 섬기던 정원을 죽이고 동탁의 부하가 되어 그의 신변 경호를 맡았다. 동탁은 여포를 양아들로 삼을 정도로 매우 신임했으나, 성질이 급박하여 화가 나면 조그만 일에도 여포에게 창을 집어 던졌다고 한다. 게다가 여포는 동탁의 시비侍婢와 사통하고 있었는데, 이 일이 발각될까 두려워 마음이 불안했다(『삼국지·위서』「여포전」).

 여기에서 시비는 단지 시중을 드는 시녀라기보다는 동탁의 시첩侍妾으로 보인다. 한편 여포와 같은 고향 사람이며, 평소 여포를 건장한 인물로 보아 친밀하게 지내고 있던 사도 왕윤이 여포에게 동탁 암살 계획을 제의한다. 만약에 여포가 이 사실을 동탁에게 알린다면 목숨을 부지하기 힘든 상황이 벌어졌을 것이기 때문에 이 제안은 말 그대로 목숨을 건 도박 같은 것이었다고 할 수 있다.

이 제안을 받고 "나와 그는 부자 관계인데, 어떻게 그럴 수 있겠습니까?"라고 곤란함을 표하는 여포에게 왕윤이 몰아붙이듯이 말했다.

"당신은 성이 여씨이니 동탁과는 본래 골육이 아니오.
지금 그대는 언제 죽을지 몰라 전전긍긍하면서 무슨 부자 관계를 논하시오!"

— 『삼국지·위서』 「여포전」

시비와 사통한 것이 언제 발각될지 몰라 두려워하던 여포는 이 말을 듣고는 왕윤과 뜻을 같이하기로 했다. 마침내 초평 3년(192) 여포는 헌제가 병이 완쾌한 것을 축하하는 자리에 참석한 동탁을 살해하는 데 성공한다.

여포가 동탁을 살해하는 이 장면을 『삼국연의』에서는 초선 貂蟬이라는 미인을 등장시켜 재미있게 각색하고 있다. 사도 왕윤은 여포의 환심을 사기 위해 그를 초대해서 금관을 선물한다. 역사서에서는 볼 수 없지만, 더듬이가 달린 금관을 쓴 모습을 한 여포의 모습은 여기에서 기인한다. 그런데, 왕윤은 여포에게 자신의 양녀인 초선과의 결혼을 약속하고서 바로 동탁에게 초선을 바친다. 미인계를 써서 여포와 동탁 사이를 이간질한 것이다. 초선은 산시성 출신으로 서시, 왕소군, 양귀비와 더불어 중국의 4대 미인 중 한 명이다. 초선은 한자로 담비 꼬리와 매미의 날개를 의미한다. 이것은 고관의 관을 장식할 때 주로 사용하기 때문에 높은 관직에 오른 사람을 가리키는 말로도 사용된다.

그러나 여기에서 등장하는 초선은 여포가 동탁의 애첩을 몰래 만나 정을 통했다는 사실에 가탁해서 만들어 낸 가상의 인물이다. 『삼국연의』에서 초선은 훗날 여포가 조조에게 사로잡혀 죽을 때까지 함께 지낸 것으로 묘사되고 있다. 애초 나관중이 의도하지는 않았겠지만, 이 일화를 통해 여포는 자신이 사랑한 여인을 위해 양아버지조차 배신해서 죽이는 낭만주의자의 이미지를 더하게 되었다(『삼국연의』 제9회).

한편, 동탁은 『삼국연의』는 물론이고 역사서에서도 포악한 존재로 묘사되고 있다. 『삼국지』의 저자 진수는 동탁에 대해

"사람이 흉악하고 잔인하며, 포악하고 비정했으니 문자로 역사를 기록한 이래 이와 같은 자는 아마 없었을 것이다"라고 혹평한다. 악정을 거듭하던 동탁이 여포에게 살해당했을 때 모든 사람이 춤추며 기뻐했다고 할 정도이다.

『삼국연의』에서는 동탁의 시체가 비대해서 병사가 그의 배꼽에다 심지를 다려서 불을 켜 놓으니 기름이 흘러 땅을 흥건하게 적셨으며, 사람들이 머리를 때리고 송장을 짓밟지 않는 사람이 없었다고 한다(『삼국연의』 제9회). 소설의 묘사는 동탁에 대한 민심이 어떠했는지를 적나라하게 보여 주고 있다.

그런데 동탁에 대해 위의 이야기와는 전혀 결이 다른 흥미로운 이야기도 전해지고 있다. 본디 동탁은 지식인을 매우 중시했으며, 전란으로 인해 곤궁해진 백성들에게 인정을 베풀었다는 것이다. 그리고 동탁이 청류파 지식인을 중용했다는 사실도 잘 알려져 있지 않다. 동탁이 살해된 후 그가 등용한 대표적인 청류파 지식인 채옹蔡邕(132년~192년)이 너무도 슬피 우는 바람에 사도 왕윤에 의해 사형에 처해졌다는 사실은 『삼국지』에도 기록되어 있다(『삼국지·위서』「동탁전」).

『삼국연의』에도 왕윤이 동탁의 죽음을 슬퍼하는 채옹을 사형시키자 이 소식을 들은 사대부들이 다들 눈물을 흘렸다고 묘사하고 있다. 동탁이 살해당하자 당대의 명사가 이를 애도하다가 죽임을 당했다고 하는 일은 동탁의 다른 모습을 보여 주는 것이라고 할 수 있다.

사실 황제를 끼고 권력을 행사한 것이 비단 동탁만의 문제는 아니다. 훗날 조조도 마찬가지였지만, 그를 포악하게 묘사하지는 않는다. 한 개인에 대한 평가가 모두에게 한결같을 수는 없다. 유독 동탁을 포악하게 그리는 것은 아마도 그의 포악함이 역사와 소설의 시대적 배경인 삼국시대가 열리는 중요한 이유가 되기 때문이 아닐까? 아마도 암묵적으로 삼국시대가 존재하게 되는 필연성과 정당성을 동탁의 포악함에서 찾았기 때문일 것이다.

제3장
군웅할거와 여포의 최후

　　왕윤과 여포가 결탁해 동탁을 주살하자 당대 사람들은 이제 천하가 안정될 것으로 기대했으나 사정은 보다 복잡하고 어지럽게 전개되어 갔다. 동탁의 잔당 세력인 이각李傕과 곽사郭汜가 모사 가후賈詡의 도움을 받아 장안을 함락시킨 것이다. 여포는 동탁의 부하들을 제압하는 데 필요한 병력을 충분히 보유하지 못했으며, 왕윤 역시 명성은 높았지만, 문신으로 군사적인 능력은 없었기 때문이다.

　　게다가 이각과 곽사는 동탁의 잔당 세력이라고는 하지만, 약 십만의 군사를 보유하고 있었으며, 훗날 조조의 책사가 되어 마초馬超와 한수韓遂를 격파하는 데 큰 공을 세우는 가후를 모사로 두고 있었다. 여포가 비록 삼국지 최고의 맹장이라고는 하나 혼자서 십만 대군을 상대할 수는 없었다. 여포는 결국 수백 명의 기병을 이끌고 장안성을 탈출했다. 이것으로 여포의 유랑생활이 시작된다.

여포는 왕윤에게 같이 도망칠 것을 권했으나 왕윤은 끝내 남아서 죽음을 택했다. 이각과 곽사는 동탁을 죽이는 데 가담한 사람들을 처형하고 왕윤의 시체를 저잣거리에 내걸었으며, 마침내 헌제를 옹립하고 권력을 농단했다(『삼국연의』 제9회).

장안성을 탈출한 여포는 우선 남양南陽의 원술을 찾아갔으나 원술은 여포를 받아들이지 않았다. 그 후 하북의 원소에게 몸을 의탁했으나 역시 오래 머물지는 못했다. 일찍이 제후 연합군이 거병했을 때 낙양에 있던 원씨 일족이 모두 동탁에게 죽임을 당한 일이 있었다. 그 때문에, 동탁을 없앤 여포는 자신이 원수를 대신 갚아 준 것과 마찬가지라고 생각해서 그들을 찾아갔던 것이다. 하지만 사정은 여의치 않았다.

앞서 살펴본 바와 같이 여포는 병주 자사 정원을 섬기다가 배신하고 죽였다. 그리고 동탁과 부자의 연을 맺고 아버지로 섬기다가 또 배신하여 죽였다. 원술과 원소는 이러한 여포의 전력을 꺼림칙하게 생각하여 가까이 두고 싶어 하지 않았던 것이다. 이에 하는 수 없이 여포는 낙양 동쪽 하내군 태수를 맡고 있는 장양張楊에게 몸을 의탁했다. 장양은 왕윤과 마찬가지로 여포와 동향 출신이기도 했으나 그것보다는 당대 최고 장수 여포를 곁에 두면 주변으로부터 공격받지 않을 것이라는 계산을 했을 것이다(『삼국연의』 제11회).

한편, 동탁을 토벌하기 위해 일어난 제후 연합군이 두드러진 활약을 보이지 못했다는 것은 이미 언급한 바 있지만, 그중에서 두각을 나타낸 인물이 있었으니 바로 조조이다. 조조는 동탁과의 싸움에서 비록 패했으나 원소의 추천으로 동군東郡 태수에 임명되어 힘을 비축하고 있었다. 이 시기에 조조는 영천 출신의 명사 순욱荀彧, 그리고 동군의 정욱程昱을 막료로 영입했다.

순욱의 추천으로 영천의 명사 순유, 종요, 곽가郭嘉 등도 막료로 받아들였다. 이들은 앞으로 조조가 세력을 확대해 나가는 데 커다란 활약을 하게 되는 참모들이다. 조조는 특히 순욱을 높이 평가해 "나의 장자방張子房이로다"라고 할 정도였다(『삼국연의』 제10회). 장자방은 한나라 고조 유방이 항우를 물리치고 대업을 이룩하는 데 큰 공을 세운 책사 장량張良을 말한다.

황건적의 반란을 진압하던 연주목兗州牧 유대劉岱가 사망하자 평소 조조의 재능을 눈여겨본 포신鮑信의 추천으로 조조는 연주목이 되었다. 이후 초평 3년(192) 12월, 조조는 황건적의 난을 토벌하고 이때 항복한 30여만 명을 받아들여 군세를 불려 나갔다. 그중 정예병을 뽑아 '청주병靑州兵'이라는 특수부대를 조직했다. 이 청주병은 조조가 죽을 때까지 운명을 함께한다.

그런데, 동탁의 난이 일어나자 조조의 부친 조숭은 산둥山東 지역의 낭야琅琊로 피신해 있었는데, 서주목 도겸陶謙(132년~194년)의 부하가 재물을 탐내 그를 살해하는 사건이 발생했다. 조조는 도겸이 군사를 풀어 부친을 살해한 것으로 생각하고 원수를 갚기 위해 순욱과 정욱을 연주에 남겨 뒤를 살피도록 하고 서주로 향했다. 이 싸움에서 조조는 하후돈을 선봉으로 삼아 성을 함락한 후 대학살을 자행하는 잔인함을 보여 준다.

『삼국지』에 의하면 조조는 평소 청류파 지식인 출신 장막張邈과 친분이 두터웠다. 일찍이 서주 정벌에 나서면서 집안사람들에게 "내가 만일 돌아오지 못한다면 맹탁(장막의 자)에게 가서 의탁하라!"라고 할 정도로 깊이 신뢰하고 있었다. 그런데, 조조가 서주 정벌에 나선 틈을 노려 장막이 진궁과 도모하여 여포를

조조의 서주 침공

맞아들여 반역을 도모하자 군현이 모두 호응하는 일이 발생했다(『삼국지·위서』「무제기」).

『삼국연의』에서 진궁은 동탁을 암살하려다 발각되어 도망치다 잡힌 조조를 도와 벼슬도 버리고 함께 도망 길에 오른 인물이다. 그런데 조조가 자신을 도와주던 아버지의 친구 여백사의 가족이 자신을 해치려 한다고 오해하여 몰살하고, 훗일을 걱정해서 여백사까지 죽이는 것을 보고 조조에 대한 인간적 감정을 잃고는 조조의 곁을 떠난다.

그 후 조조가 서주를 정벌할 때 말려 달라는 도겸의 부탁을 받은 진궁이 사자로 와서 조조를 설득하지만 실패한다. 도겸을 볼 면목이 없자 진궁은 장막이 있는 진류로 간다. 실제로 진궁은 동군 출신으로 조조가 동군 태수로 있던 시절 그의 수하로 들어간 인물이다. 그가 왜 장막과 결탁하여 조조를 배신했는지는 분명하지 않지만, 장막에게 다음과 같이 말했다.

> "지금 조조가 동으로 서주를 치러 나가는 바람에 연주가 텅 비어 있습니다. 여포로 말하면 당대의 용사이니 그와 더불어 연주를 뺏는다면 패업을 도모할 수 있을 것입니다." — 『삼국연의』 제11회

이 말은 『삼국지·위서』 「여포전」에도 그대로 나온다. 아마도 진궁은 천하제일 명장인 여포의 무용과 자신의 지혜가 합해진다면 천하를 손에 넣을 수 있다고 여겼던 것 같다. 여기에는 낙양에서 탈출한 조조를 줄곧 모셔 왔는데, 새로이 등장한 순욱을 자신보다 더 중용하는 것에 대한 실망감도 작용했을 것으로 보인다. 여포의 용맹을 잘 알고 있던 장막은 진궁의 진언을 받아들여 여포를 선봉에 세워 연주의 대부분을 수중에 넣었다. 순욱과 정욱이 지키는 견성堅城, 동아東阿, 범范 등 세 현은 넘어가

지 않은 것이 조조로서는 그나마 다행이었다.

『삼국연의』에서 서주목 도겸은 온화한 군주로 백성들을 아끼는 덕이 있는 훌륭한 인물로 등장한다. 도겸은 조조의 군사들이 닥치는 대로 백성들을 죽이며 쳐들어오자 미축麋竺의 제안을 받아들여 공융에게 군사를 요청하는데, 사정이 여의치 못한 공융이 유비에게 도움을 요청한다. 이에 유비는 군사를 거느리고 도겸에게 달려가서 조조에게 군사를 거두어 달라는 편지를 보낸다. 마침 여포가 연주를 급습했다는 소식을 접한 조조는 유비로부터 편지가 도착하자 유비의 체면도 살려 줄 겸 퇴각하기로 한다(『삼국연의』제11회).

여기에는 사실과 허구가 뒤섞여 있다. 『삼국지』는 "유비가 도겸을 도와 담현 동쪽에서 조조를 맞아 공격했으나 패했다"라고 기록할 뿐이다(『삼국지·위서』「무제기」). 실제로 조조는 유비와 도겸의 공격을 받고 싸우던 중 여포의 급습을 받고 급히 군사를 돌렸던 것으로 보인다. 여하튼, 서주 정벌에서 급히 돌아온 조조는 2년여에 걸친 악전고투 끝에 여포를 물리친다. 다시 갈 곳을 잃은 여포는 조조가 물러난 서주로 향했다.

당시 서주는 도겸이 병사한 후 유비가 그 자리를 차지하고 있었다. 서주는 황하와 양자강 사이에 위치하고 있는데, 동으로는 바다와 접하고 있어 물산이 풍요로운 곳이다. 조조는 자신이 내친 여포를 유비가 받아 준 사실을 알고는 순욱의 계책을 받아들여 유비에게 황제의 명을 빙자해서 여포를 죽일 것을 명했다.

물론 조조의 속셈을 잘 알고 있는 유비는 아무런 조치를 취하지 않고 오히려 여포에게 그 사실을 알린다. 이에 조조는 다시 한번 황제의 명을 빌려 이번에는 유비에게 원술을 공격하라고 한다. 만약 명을 따르지 않으면 유비를 공격하겠다고 으름장까지 놓는다. 그것이 조조의 계략인지를 잘 알면서도 황제의 명을 거부할 수 없는지라 유비는 어쩔 수 없이 서주를 장비에게 맡겨 두고 원술을 공격하러 간다. 조조로서는 직접 유비와 여포, 유비와 원술 사이를 이간질하는 데 성공한 것이다(『삼국연의』 제14회).

원술은 이전부터 서주를 탐하고 있었는데 도겸이 죽자 뜻밖에도 유비가 그 자리를 차지한 것을 인정할 수 없었다. 후덕하고 온화한 지도자로 등장하는 도겸은 조조의 공격으로 많은 무고한 백성이 살상당하는 것을 부덕의 소치로 여겼다. 그래서 자신은 이미 나이도 들고 더 이상 서주를 다스리기 어려우니 인품이 훌륭한 유비에게 서주를 맡아 달라고 간청했다.

그러나 역사서의 평가는 소설과는 사뭇 다른데, 도겸이 서주목이 되자 도의를 위배하고 감정에 따라 행동했으며, 충성스럽고 정직한 인물은 멀리하고 아첨하는 사악한 소인배를 가까이했다고 한다. 이리하여 형벌과 정치는 형평성을 잃고 선량한 사람 대부분이 박해를 받았다고 전하고 있다(『삼국지·위서』「도겸전」). 진수는 그를 "서주를 쥐고 조조를 괴롭힌 무뢰한"이라고 언급하고 있다. 이런 그가 『삼국연의』에서 자애로운 군주로 탈바꿈하게 된 배경에는 주인공인 유비에게 실제로 서주를 넘겨준 인물이라는 점, 그리고 유비와 함께 조조에 대항했다는 점이 크게 작용했을 것이라고 생각한다.

나관중은 도겸이 자신의 영지를 아들이 아닌 유비에게 물려줄 만큼 유비가 덕망이 훌륭했다는 것을 드러냄으로써 도겸 역시 의인으로 묘사했다. 사람들이 요순시대를 찬양하는 중요한 요인 중 하나는 '선양' 때문이라고 생각하는데, 이는 인간이 자신의 핏줄을 넘어서 공동체의 이해를 우선하기 어려운 존재이기 때문이다. 역사 속 의로운 인물들은 종종 핏줄을 넘어 공동

체를 위하여 자식이 아닌 능력 있고 후덕한 이를 후계자로 선택한다.

이 점에서 본다면 도겸이 자신의 자식이 아니라 유비에게 자리를 물려주었다는 것은 아마도 도겸과 유비의 능력과 인덕을 설명해 주는 중요한 요소일 것이다. 이 점을 포착한 나관중의 『삼국연의』 그리고 이에 열광하는 수많은 독자는 혈통 계승이 안고 있는 많은 문제점을 절감하며 그것의 극복을 꿈꾸었다고 말할 수 있을지 모르겠다.

그런데, 실제 도겸은 왜 서주목을 유비에게 넘겨준 것일까? 여기에는 두 가지 견해가 있는데, 하나는 당시 서주의 상황이 조조와 원술의 공격으로 언제든지 함락될 수 있는 위태로운 상황이었고, 따라서 도겸은 위기를 모면하기 위해 자신의 아들이 아니라 유비에게 넘겨주었다는 것이다. 다른 하나는 도겸이 사망하자 중신 미축 등이 논의해서 유비에게 서주목을 넘겨주었다는 것이다. 미축은 유비의 두 번째 부인이 되는 미부인의 오빠이다. 여하튼 유비는 거사를 도모한 이래 작은 현의 관리를 전전하다가 마침내 서주목을 넘겨받으면서 드디어 자신만의 터전을 확보하게 된 것이다.

서주의 수도는 팽성彭城(현 장쑤성 쉬저우시)이지만, 연주와 가깝기 때문에 도겸 때부터 동남쪽에 있는 하비下邳(현 장쑤성 피저우시)가 실질적인 수도 역할을 했다. 유비는 원술과 싸우러 가면서 하비를 장비와 조표曹豹에게 맡겼다. 그런데 유비와 원술이 한 달 넘게 서로 대치하는 동안 뜻밖에도 하비를 지키던 장수 조표가 유비를 배반하고 여포를 맞아들였다. 이에 장비는 분전했지만, 여포가 유비의 처자식을 포로로 잡고 있었기 때문에 더 이상 저항할 수 없었다.

　『삼국연의』는 조표가 배반한 이유를 평소 술을 좋아하던 장비에게 돌리고 있다. 유비가 떠난 후 단합을 위한 연회 자리에서 술에 취한 장비는 건강상의 이유로 술 마시기를 거부하던 조표를 매질한다. 그러자 장비의 소행에 분하기 짝이 없던 조표가 즉시 여포와 내통해서 반란을 일으킨 것이다. 나관중은 조표와 여포를 장인과 사위 관계로 설정해서 반란에 이르는 과정을 매우 설득력 있게 묘사하고 있다. 이 일화는 나관중의 창작이지만, 여포가 반란을 일으켜 하비를 점령한 것은 역사적 사실이다.

　유비는 반란 소식을 듣고 하비로 돌아와 여포에게 화해를 청했다. 그러자 여포는 유비의 처자식을 모두 돌려보내 주고 유비를 팽성 서쪽에 있는 소패小沛에 머물도록 했다. 유비로서는 여포를 받아들여 배신을 당한 격이니 애초에 받아들이지 말았어야 했지만, 이는 결과론적인 생각이다. 오히려 그 덕분에 여포가 유비를 받아들여 주고, 다음에 소개하듯이 원술과의 싸움도 중재해서 유비를 위기에서 구해 준다.

원술이 장군 기령紀靈을 소패로 보내 공격하게 하자 유비는 여포에게 구원을 요청한다. 이에 여포는 중재에 나서 100보 밖에 방천화극을 세워 놓고 자신이 화살을 쏘아 맞히면 둘이 화해할 것을 제의한다. 기령은 설마 그렇게 먼 거리에 있는 방천화극을 맞히지는 못할 것으로 생각해 응했는데, 결국 여포가 성공하자 어쩔 수 없이 회군했다. 유비는 여포의 도움으로 구사일생의 위기에서 벗어나게 되었다.

본래 여포의 무기로 등장하는 방천화극은 전투용이라기보다는 제사용으로 사용하던 것이다. 게다가 송대 이후 등장하는 것인데, 이 고사를 통해 '적토마를 타고 방천화극을 휘두르는' 여포를 상징하는 무기가 되었다. 그런데, 여포는 자신의 필요로 싸움을 중재해서 유비를 보호하게 됐지만, 유비가 있는 소패로 병사들이 모여들어 그 수가 만여 명에 이르게 되자 다시 유비를 공격했다. 이 싸움에서 패한 유비는 결국 북쪽에 있는 조조에게로 가서 도움을 요청한다(『삼국연의』 제16회).

한편, 여포가 서주로 달아난 이듬해인 건안建安 원년(196) 7월, 이각과 곽사의 내란을 틈타 장안을 탈출한 헌제 일행은 양봉, 동승, 장양 등의 호위를 받아 겨우 낙양으로 돌아왔다. 낙양을 떠난 지 6년 만의 환도였지만, 궁궐은 불타고 폐허가 되어 있었다. 이때 조조가 낙양으로 들어가 헌제를 호위해 자신의 본거지인 허도許都로 모시고 갔다. 동탁에 의해 옹립된 헌제는 황제로서의 면모를 상실한 허울에 지나지 않았다. 하지만 일찍이 동탁이 황제를 옹위해서 천하를 호령했던 것처럼 조조 역시 황제를 내세워 천하를 호령할 수 있는 대의명분을 얻게 되었다.

여포에게 패배한 유비가 도움을 요청해 오자 참모 순욱은 "유비는 영웅입니다. 지금 일찌감치 도모하지 않으면 후일 반드시 걱정거리가 될 것입니다"라고 진언한다. 하지만, 조조는 "지금은 바로 영웅을 끌어모아야 할 시기인데, 한 사람을 죽여서 천하의 인심을 잃을 수는 없소"라고 하면서 유비를 받아들인다. 조조는 유비를 매우 후하게 대우하며 예주목으로 삼고 군사와 군량미를 지원해서 여포를 치라고 했다(『삼국연의』제 16회). 이 이야기는 『삼국지·위서』「무제기」및 『삼국지·촉서』「선주전」에도 그대로 실려 있다. 단, 유비를 죽이라고 한 것은 순욱이 아니라 정욱이다.

조조는 유비를 통해 여포를 제거하고자 했지만, 유비가 다시 여포에게 패하자 직접 군사를 이끌고 출전하여 여포와 그의 책사인 진궁을 생포하는 데 성공한다. 당시 생포되어 끌려 나온 여포가 묶은 줄을 조금 느슨하게 해 달라고 하자 조조가 말했다. "호랑이를 묶는데 부득이 세게 조여야 하지 않겠나!" 여포가 다시 간청했다. "명공(조조)의 근심거리 중에 나 여포보다 더한 것은 없었습니다. 이제 내가 항복했으니 천하에 더 이상의 근심거리가 없는 것과 마찬가지입니다. 나를 기병으로 부린다면 천하를 쉽게 평정할 수 있을 것입니다."

평소 재능이 탁월한 인물이라면 적이라도 서슴없이 받아들였던 조조는 여포의 재능을 아까워했다. 그러나 고심하는 조조에게 유비는 망설임 없이 다음과 같이 진언한다. "정 건양(정원)과 동 태사(동탁)를 섬기는 것을 보지 않았습니까?" 여포는 유비를 돌아보며 외쳤다. "귀 큰 녀석아! 원문 밖의 화극 쏘던 일을 잊었느냐?"(『삼국연의』 제19회) 이 일화는 『삼국지』에도 그대로 실려 있다. 조조는 유비의 충고를 따라 결국 여포를 처형했다. 진궁은 여포와 달리 조조에게 머리를 숙이지 않고 처형되었다. 『삼국지』의 저자 진수는 "여포는 사나운 호랑이와 같이 용맹스러웠으나 뛰어난 재능과 훌륭한 모략이 없었고, 천박하고 교활하며 말을 뒤집기를 잘했으며, 오직 이익만을 보고 일을 도모했다"라고 혹평하고 있다.

『삼국연의』에서 여포는 비록 초반에만 등장하지만, 장비와 관우에 버금가는 뛰어난 무장으로서 이야기를 전개하는 데 중요한 비중을 맡고 있는 셈이다. 한편, 여포가 타던 적토마의 운명은 어떻게 되었을까? 『삼국연의』에서는 조조가 훗날 하비에서 사로잡은 관우의 환심을 사기 위해 하사하는 것으로 설정하고 있다. 이후 삼국지에서 관우와 적토마는 떼려야 뗄 수 없는 일체라는 이미지를 갖게 되지만, 이는 나관중의 창작이다.

적토마는 한나라 때 서역에서 들어온 한혈마일 것이다. 하루에 천 리를 달리며, 붉은 땀을 흘린다고 하여 붙여진 이름이다. 실제 여포가 죽은 후 적토마가 어떻게 되었는지에 대한 기록은 없으며, 『삼국연의』에서 새롭게 탄생했다고 할 수 있다. 관우는 무용을 자랑하는 장비의 이미지와는 대조적으로 문인 이미지가 강했으나 적토마를 얻음으로써 용맹함을 더해 문무를 겸비한 전설적인 이미지를 구축하게 된다.

서역에서 들여온 전설적 명마 적토마가 배신을 일상적으로 행하는 여포와 함께 사라지게 되면, 그 쓰임을 다하지 못했다는 진한 아쉬움이 남았을 것이다. 명마에 걸맞은 새로운 주인을 찾아 주고 싶었던 것은 비단 나관중만은 아니었을 것이다. 또한 배신의 아이콘 여포를 벗어나 새롭게 만난 주인이 신의를 상징하는 관우라는 사실이 상징하는 의미 역시 적지 않다.

제4장
관도 대전과 조조의 화북 통일

조조는 거기장군車騎將軍 차주車冑에게 서주목을 맡기고 유비와 함께 허도로 돌아갔다. 허도에서 헌제는 유비가 중산정왕의 후손으로 자신의 숙부뻘이 된다는 사실을 알고는 몹시 기뻐하며 숙질간의 예를 취한다. 유비를 유 황숙이라고 부르게 된 것은 여기에서 비롯된다. 이 내용은 역사서에는 기록되어 있지 않지만, 훗날 유비가 한 황실을 계승해서 촉나라 황제로 즉위하는 정통성을 내세우는 데 중요한 작용을 한다.

허도에서 조조는 유비를 좌장군에 임명하고 정중하게 대우했다. 어느 날 조조는 헌제를 모시고 유비와 사냥을 나가 황제의 화살로 사냥을 하는 무례를 범한다. 이를 본 관우가 조조를 죽이려고 하지만, 유비의 만류로 참는다(『삼국연의』제19회). 조조가 유비를 살려 주었듯이 유비 역시 조조에게 은혜를 베푼 셈이다.

이 일화는 훗날 유비가 당양에서 조조에게 대패했을 때 관우가 "'그 사냥 때 조조를 죽였다면 이런 일이 일어나지 않았을 것을…'이라고 탄식했다"라는 『삼국지』의 기록에서도 확인할 수 있다. 영웅은 또 다른 영웅이 있을 때 진정한 영웅이 된다는 것을, 조조와 유비는 알고 있었던 것이 아닐까. 어느 날 조조는 유비를 초대해서 연회를 베풀면서 유비에게 말했다. "무릇 영웅이란 가슴에는 큰 뜻을 품고 뱃속에는 훌륭한 계책을 가지고 있어야 하오. 우주를 싸서 감출 기지가 있고 천지를 삼켰다가 토해낼 뜻이 있는 자라야 하오." 유비가 말했다. "누가 거기에 해당될 수 있을까요?" 조조는 유비와 자신을 가리키며 말했다. "지금 천하에 영웅이 있다면 당신과 나뿐이오."(『삼국연의』제21회)

이 일화는 『삼국지·촉서』「선주전」에도 실려 있는데, 이 말을 들은 유비는 너무 놀라서 들고 있던 젓가락을 떨어트렸다고 한다. 당시에는 헌제의 장인 거기장군 동승이 황제의 밀조를 받고 몇몇 대신들과 모의하여 조조 암살을 모의하고 있었다.

유비가 젓가락을 떨어트릴 만큼 놀랐던 것은 황숙으로 대접받던 그 역시 모의에 가담하고 있었기 때문이다.

유비는 모의에 가담한 것이 발각될까 두려워 조조의 곁을 벗어날 기회를 엿보게 되었다. 때마침 기회가 찾아왔다. 원술이 한나라 황실의 옥쇄를 손에 넣은 후 참위설을 이용하여 황제를 자칭한 것이다. 유비는 이 기회를 틈타 조조에게 원술을 친다는 핑계를 대고 군사를 빌려 서주로 향할 수 있었다. 유비가 떠난 후 우려했던 대로 조조 암살 계획이 사전에 발각되어 동승을 비롯한 많은 사람이 사형에 처해졌다.

유비로서는 절체절명의 위기를 벗어났지만, 조조는 자신을 죽이려고 한 유비에게 오히려 군사까지 보태 준 셈이 되었다. 뒤늦게 이 사실을 안 조조는 유비가 변심하지는 않을 것이라고 여겼지만, 실제 속내는 복잡했을 것이다.

조조가 서주로 달아난 유비를 우선 정벌하려고 하자 장수들은 북쪽의 원소가 그 틈을 노려 쳐들어오면 곤란하다고 진언했다. 이에 대해 조조는 다음처럼 말했다.

"유비는 사람됨이 호걸이오. 지금 공격하지 않는다면 반드시 훗날 근심이 될 것이오. 원소는 큰 뜻이 있지만, 형세 판단이 느리므로 틀림없이 군사를 움직이지는 않을 것이오."

—『삼국지·위서』「무제기」

이 말에서도 조조가 유비는 영웅시하면서 원소를 얼마나 가볍게 여기고 있었는지를 알 수 있다. 하지만 어쩌면, 북방의 강적인 원소와 전면전을 벌이기 위해서 눈엣가시 같은 유비를 먼저 제거할 필요가 있다고 판단했다고 볼 수도 있다.

서주목 차주를 살해하고 서주를 차지한 유비는 조조가 원소와의 정면 대결을 앞에 두고 있었기 때문에 직접 군사를 거느리고 서주로 쳐들어올 것이라고는 전혀 생각하지 못했다. 그런데 그의 예상과는 달리 조조의 대군이 쳐들어왔다. 당시 유비는 서주의 실질적 수도인 하비성에 가족을 두고 관우에게 지키도록 했다. 그리고 자신은 소패성을 지키고 있었는데, 조조의 대군 앞에 제대로 싸워 보지도 못한 채 처자식을 내버리고 원소가 있는 곳으로 달아났다. 『삼국지』에서는 이 장면을 다음과 같이 기록하고 있다.

건안 5년(200), 조조는 동쪽으로 유비를 토벌하여 그 병력을 다 손에 넣었으며, 유비의 처자식을 포로로 잡고 아울러 관우를 사로잡아 돌아왔다.

　　　　　　　　　　　　　　　　　　— 『삼국지·촉서』「선주전」

조조는 동쪽으로 가서 유비를 공격하여 무찌르고 … 유비는 원소에게 도망쳤고 조조는 그의 처자를 포로로 잡았다. 유비의 부장 관우가 하비에 주둔해 있었는데, 조조가 다시 진군하여 공격하니 관우가 투항했다.

　　　　　　　　　　　　　　　　　　— 『삼국지·위서』「무제기」

『삼국연의』에서는 하비성을 지키던 관우가 장료의 설득을 받아 세 가지 조건을 내걸고 조조에게 항복한다.

"첫째, 내가 항복하는 것은 조조에게 항복하는 것이 아니라 한나라 황제께 항복하는 것이다.

둘째, 두 분 형수님의 안전을 보장하고 지내시는 데 조금도 궁색함이 없도록 한다.

셋째, 유 황숙의 행방을 알기만 하면 어느 때라도 떠날 수 있게 한다."

　　　　　　　　　　　　　　　　　　— 『삼국연의』 제25회

실제로 관우가 항복 조건으로 이 세 가지를 내걸었는지 여부에 대해서는 알 수가 없다. 그러나 『삼국연의』의 이 장면은 한 나라 황실 및 유비에 대한 관우의 충정과 의리를 보여 주는 대표적인 대목이다. 이는 훗날 관우의 충성과 의리 이미지를 만드는 데 중요한 역할을 한다.

조조는 관우를 편장군偏將軍으로 삼고 매우 후하게 예우했고 그의 환심을 사기 위해 여포가 타던 적토마를 하사한다. 관우는 금은보화를 내려도 아무런 반응이 없었으나 적토마를 보고는 무척이나 기뻐했다. 그 연유에 대해서 다음과 같이 말했다.

> "저는 이 말이 하루에 천 리를 가는 줄 알고 있습니다. 오늘 다행
> 히 얻었으니 형님(유비)이 어디 계신지 알게 되는 날에는 단 하루
> 면 만나 뵐 수 있지 않겠습니까!"
> ─『삼국연의』 제25회

실제 여포가 처형된 후 적토마에 대한 기록은 남아 있지 않다고 앞에서도 이야기했다. 여기에서 흥미로운 것은 관우가 적토마와의 만남을 기뻐하는 이유이다. 관우는 적토마를 유비를 만나러 가기 위한 물리적 제약을 해결해 줄 수 있는 존재로 여겨

기뻐한다. 이는 관우의 유비에 대한 의리가 어느 정도였는지를 보여 주는 기제이다. 독자들도 명마 적토마와 그 이름에 걸맞은 의리가 넘치는 주인의 만남에 안도와 기쁨을 느꼈을 것이다. 『삼국지』의 저자 진수 역시 관우에 대해 "의리를 목숨보다 중히 여겼다"(『삼국지·촉서』「관우전」)라고 평가한다. 어쩌면 목숨보다 의리를 중시한 관우에게 하늘이 내려 준 선물이라고도 할 수 있을 것이다.

헌제는 관우를 만난 자리에서 수염이 배를 지나는 것을 보고 감탄하여 말했다.

"과연 미염공美髯公이구려."

— 『삼국연의』 제25회

이후 미염공은 관우를 상징하는 별칭이 되었다. 미염공이라는 별칭은 역사서에도 기록되어 있는데, 다만 상황에는 차이가 있다. 『삼국지』에 의하면 훗날 유비가 익주益州(현 쓰촨성)를 평정하자 마초가 투항해 왔다는 소식을 들은 관우가 마초의 인품과 재능이 누구와 비교할 만한지 제갈량諸葛亮에게 묻는다. 제갈량은 이렇게 답하고 있다.

"맹기孟起(마초)는 문무를 고루 갖추었으며 용맹함이 보통 사람을 뛰어넘는 당대의 걸출한 인물이지만 미염공(관우)에는 미치지 못합니다."

— 『삼국지·촉서』「관우전」

이 미염공이라는 칭호가 언제부터 붙여졌는지에 대해서는 논란의 여지가 있지만, 오늘날까지 관우의 상징으로 인식되는 턱수염이 매우 길고 아름다웠던 것만은 분명하다.

또한 적토마와 함께 관우의 상징으로 등장하는 것이 청룡언월도이다. 언월도란 긴 자루 끝에 커다란 칼을 부착한 것으로 자루에 청룡을 새겼기 때문에 청룡언월도라고 한다. 『삼국연의』에서 청룡언월도는 유비 삼 형제가 처음 거사할 때 장세평이라는 상인에게 받은 강철을 이용해서 만들었으며 무게는 82근(약 18kg)에 달했다고 한다.

적토마를 타고 긴 수염을 휘날리며 청룡언월도를 휘두르는 관우의 모습은 『삼국연의』를 읽는 독자들에게 깊고 강렬한 인상을 남긴다. 다만, 이는 나관중이 만들어 낸 창작이다. 역사상 언월도란 무기가 처음 등장하는 것은 당대 이후로, 한나라 말기에는 아직 존재하지 않았다. 당연히 역사서에 청룡언월도에 대한 언급은 없다. 상상을 통해 만들어 낸 가상의 세계는 사실보다 더 강렬한 '현실'이 되어 돌아오기도 한다.

한편, 건안 4년(199) 북쪽의 원소는 조조와의 대결에 앞서 공손찬을 격파했다. 이로써 청주靑州, 기주冀州, 유주幽州, 병주, 4개 주를 통합한 원소는 화북에서 가장 강력한 세력으로 부상했다. 조조도 장수張繡, 여포, 유비 등 주변 세력을 제거하는 데 성공하면서 황하를 사이에 두고 북쪽의 원소와 직접 대치하게 되었다.

마침내 건안 5년(200) 10월 황하의 남쪽 관도官渡에서 양측은 대결전을 치르게 된다. 이 싸움은 관도에서 벌어졌기 때문에 '관도 대전'이라고 한다. 관도 대전은 『삼국연의』의 대표적 싸움인 적벽 대전에 비해 그다지 알려져 있지 않으나 실제 적벽 대전 이상으로 화북 통일을 향한 최대의 결전이었다.

건안 5년(200), 원소는 조조의 허도를 침략할 의사를 분명히 한다. 그런데 원소의 진영에서는 유명한 참모 전풍田豊과 감군監軍 저수沮授가 지구전을 주장하며 조조와의 싸움을 서두르지 말라고 진언했다. 이들은 조조가 비록 병력은 적지만 군대를 다루는 것이 능숙하기 때문에 기습부대를 파견해서 적진을 교란시키는 작전을 쓴다면 3년 이내에 승리를 손에 넣을 수 있을 것이라고 주장했다. 이에 대해 곽도郭圖와 심배審配가 속전속결을 주장하자 성미가 급한 원소는 후자의 의견을 채택했다. 뿐만 아니라 장기전을 강하게 주장했던 전풍을 옥에 가두었다.

원소는 저명한 문장가 진림陳琳에게 조조 토벌에 대한 장문의 격문을 쓰도록 해서 전군에 널리 알린 후 조조와의 결전을 단행했다. 이 격문은 조조의 조부 조등曹騰(?~159년)과 부친 조숭曹嵩을 포함해서 조조에 대해 신랄하게 비판한 것으로 지금도 그 전문이 남아 있는데, 그 일부를 소개하면 다음과 같다.

> 조조의 할아버지 중상시 조등은 … 제멋대로 수탈을 일삼고 … 백성들에게 못되게 굴었다. 그 아버지 조숭은 애걸복걸해서 조등의 양자로 들어가 뇌물로 벼슬길에 나섰으며, 삼공의 요직을 훔쳐서 나라를 기울어지게 했다. 조조는 본래 덕이 없는 데다 교활해서 남을 업신여기고 환난을 좋아하고 재앙을 즐겼다.
>
> ─『삼국연의』 제25회

후에 조조는 진림을 사로잡아 "나만 욕하면 될 것을 어찌 나의 할아버지와 아버지까지 욕을 보였는가?"(『삼국연의』 제32회) 하고 나무랐다. 하지만, 이 격문은 탁월한 명문장이어서 조조가 격문을 쓴 진림의 재능을 아껴 사면할 정도였다고 한다.

마침내 건안 5년 2월 원소는 안량顔良을 파견해 백마白馬(현 허난성 화현 동쪽으로 황하 남쪽 강변)에 포진한 조조군의 동군 태수 유연劉延을 공격하게 했다. 그리고 자신은 여양을 통해 황하를 건너려고 했다. 이때 원소군의 감군 저수가 안량은 비록 용맹하지만 성격이 급하고 도량이 좁기 때문에 단독으로 기용하는 것은 바람직하지 않다고 간언했으나 받아들여지지 않았다(『삼국연의』 제25회).

『삼국지』에 의하면 유비 토벌에서 돌아온 조조는 참모 순유荀攸의 진언에 따라 연진延津에 주둔하면서 우금于禁과 악진樂進의 군사에게 황하를 건너게 했다. 원소의 군사를 배후에서 공격하는 척해서 원소군을 분산시키려는 책략이었다. 의도한 대로 원소군을 분산시키는 데 성공한 조조군은 장료와 관우를 선봉으로 삼고 백마의 안량군을 기습 공격했다. 안량은 문추와 더불어 원소군의 대표적 장수이다.

『삼국연의』에서는 안량의 무용 앞에 여포의 장수였던 송헌, 그리고 위속이 맞섰으나 속수무책으로 당한다. 심려하는 조조에게 참모 정욱이 그와 대적할 자는 관우뿐이라고 추천한다. 조조는 관우가 은혜를 갚고 나면 자신을 떠날 것을 우려해서 망설인다. 정욱은 관우가 원소의 군사를 깨트리면 원소가 유비를 의심해 죽일 것이므로 일석이조라고 하자 마침내 관우를 내보낸다.

관우는 적토마를 타고서 청룡언월도를 거꾸로 들고 산 아래로 적진 깊숙이 내달려 눈 깜짝할 사이에 안량의 머리를 베고 빠져나왔다. 원소의 군사들이 너무 놀란 나머지 대혼란에 빠진 틈을 타 조조의 군사가 공격을 감행해서 대승을 거두었다. 조조가 관우의 귀신같은 솜씨에 감탄하자 관우는 "제 아우 장비는 백만 적군 속에서도 적장의 머리 취하기를 마치 주머니 속 물건 꺼내듯 합니다"라고 해서 조조를 놀라게 했다(『삼국연의』 제25회).

이 싸움은 관우의 무용담을 드러내는 대표적인 장면 중 하나로 역사서에도 생생하게 기록하고 있다.

원소가 대장군 안량을 보내 백마에서 동군 태수 유연을 치게 했는데, 조조가 장료와 관우를 맨 앞에 세워 공격했다. 관우는 안량의 깃발과 수레 덮개를 멀리 바라보다가 말에 채찍을 가하여 달려 나가 만 명의 대군 속에 있는 안량을 찌르고 그 머리를 베어 돌아왔다. 원소의 장수 가운데 관우를 당해 낼 자가 없으므로 곧 백마의 포위를 풀었다.　　　　　　　　　—『삼국지·촉서』「관우전」

　당시 상황을 재구성해 보면 안량은 장군 깃발을 건 수레를 타고 있다가 급히 말을 타고 질주해 오는 관우에게 일격을 당해 죽은 것으로 보인다. 질주해 오는 관우를 왜 방비하지 않았는지는 알 수 없지만, 관우가 모시는 유비가 원소 측에 귀의해 있었기 때문에 방심하고 있었던 것은 아닌지 모르겠다. 여하튼 비록 급습이었지만, 관우는 적진 깊숙이 들어가 맹장 안량의 목을 베고 돌아옴으로써 자신의 명성을 널리 알리게 되었다. 원소의 장수 중 관우를 상대할 자가 없었다는 역사적 기록에서 알 수 있듯이 나관중의 묘사가 단지 과장된 것만은 아니었다.

　관도 대전에서 관우는 대단히 눈부신 활약을 했다. 적토마를 타고 청룡언월도를 휘두르며 단칼에 맹장 안량을 벤 관우는 안량의 복수를 하러 온 문추文醜 역시 한칼에 베어 버려 말 그대로 신출귀몰하는 신과 같은 싸움의 경지를 보여 준다. 조조는 관우의 공적을 높이 사서 상주를 올려 한수정후漢壽亭侯에 봉하고 금은보화를 상으로 내려 그의 마음을 사로잡고자 했다. 그러나 관우는 유비가 원소 측에 있다는 소식을 듣고는 금은보화를 봉인한 후 유비의 두 부인을 모시고 홀연히 떠난다.

조조 휘하의 채양이 관우의 뒤를 쫓아야 한다고 하자 조조는 "옛 주인을 잊지 않으며 오고 가는 것이 이렇듯 명백하니 실로 대장부라. 그대들도 마땅히 본받을지어다"라며 채양을 꾸짖고는 뒤쫓는 것을 허락하지 않았다. 정욱이 관우를 그대로 보내서는 안 된다고 했지만, 조조는 관우와의 언약을 깨트릴 수는 없다고 했다. 그리고 전송도 하고 노자와 옷가지를 챙겨 줄 겸 장료를 시켜 관우를 잠시 기다리게 한다. 관우를 쫓아간 조조가 기념으로 황금과 옷가지를 주자 관우는 황금은 사양하고 비단옷만 받고는 떠난다.

이후 관우는 하북으로 가는 첫째 관문인 동령관東嶺關을 지나 낙양洛陽, 기수관沂水關, 형양滎陽을 거쳐 황하를 건너서 유비가 있는 곳으로 갔다. 관우는 가는 도중 5개의 관문을 거치면서 관문을 통과하는 허가증이 없다는 이유로 그의 앞길을 막는 장수 6명의 목을 베었다. 이는 '과오관육참장過五關六斬將' 고사로 유명하며, 말 한 필로 천 리를 갔다 하여 '단기천리'로도 알려져 있다. 황하를 건넌 관우는 유비가 원소를 떠나 여남汝南(현 허난성 남동부)에 있다는 말을 듣고는 방향을 바꾸어 여남으로 발걸음을 재촉한다(『삼국연의』 제27회).

관우는 왜 자신을 후하게 대접하는 조조를 떠나 유랑자 신분의 유비를 향해 길을 떠났던 것일까? 도원결의는 『삼국연의』의 창작이지만, 『삼국지』에서도 "유비는 잠잘 때도 관우, 장비와 함께했으며, 정이 형제와 같았다"(『삼국지·촉서』「관우전」)라고 서술하고 있다. 세 사람 사이에 피를 나눈 형제 이상으로 끈끈한 의리가 있었다는 사실은 의심할 여지가 없는 듯하다. 안량과 문추를 단칼에 베고 높은 작위와 금은보화의 유혹을 뿌리치고 주군을 향해 길을 떠나는 모습에서 독자들은 충정과 의리에 가득 찬 영웅의 미학을 상기한다.

그런데, 『삼국지』의 내용에 견주어서 보면, 관우가 죽인 것은 안량뿐이다. 안량이 죽자 원소군은 백마의 포위를 풀었다. 하지만 여전히 원소의 군사력은 막강했기 때문에 조조군은 백마에서 철수해서 황하를 따라 서쪽으로 이동했다. 원소는 조조군을 추격해서 황하를 건너 연진에 이르렀다. 원소는 문추를 대장으로 삼고 유비와 함께 조조와 맞서 싸우도록 했다.

이에 조조는 순유의 책략을 이용해 치중輜重(군수품)을 미끼로 삼아 문추를 유인한 후, 치중대를 습격하기 위해 진영이 흐트러진 틈을 타서 공격해 문추를 죽였다(『삼국지·위서』「원소전」). 그리고 '과오관육참장'의 고사는 『삼국지』에는 없는 『삼국연의』가 만들어 낸 이야기이다. 『삼국지』에는 사람들이 그의 뒤를 쫓으려고 했지만, 조조가 "사람은 각자 자기 주인이 있으니 뒤쫓지 마시오"라고 하여 순순히 관우를 보내 주었다고만 기록하고 있다.

『삼국연의』에서 관우와 관련된 이러한 일화들은 그의 신출귀몰한 무용에다 충정과 의리가 더해져 사람들에게 신격화되면서 더욱 가공되었을 것으로 보인다. 『삼국연의』에 등장하는 수많은 인물 중에서 오늘날 신으로 숭배되고 있는 사람은 관우가 유일하다. 이런 점에서 관우는 삼국지에서 가장 출세한 인물인 셈이다.

그런데 유독 관우만이 신으로 숭배된 이유는 무엇일까? 관우는 특히 신의의 신으로 상인들이 섬겨 왔으며, 지금도 여전하다. 그것은 아마도 관우가 조조의 후한 대우에도 불구하고 유비에 대한 의리를 선택했다는 점에 있을 것이다.

『맹자』에서 양혜왕을 만난 맹자가 "어찌 이利를 말하십니까. 오직 인의仁義가 있을 뿐입니다"라고 한 것에서 알 수 있듯이 예나 지금이나 인간은 이를 따르기는 쉽지만 의義를 따르기는 어려운 법이다. 그런데 이를 추호의 망설임도 없이 실행했던 관우의 모습에서 사람들은 인간으로서 추구해야 할 가치를 읽어 내었던 것이다. 그 가치가 사람들 사이(인간)에 오고 가는 길의 모델이 되는 것을 갈구하여 우리 삶을 구성하도록 했던 것이리라.

우리나라 종로구 숭인동에도 관우를 모시는 사당이 있다. '동묘', 또는 '동관왕묘'로 불리며 보물 142호로 지정되어 있다. 이는 임진왜란 당시 왜군을 물리치기 위해 파병된 명나라 군대와 조선군을 관우의 신령이 나타나 도와주었다고 해서 세운 사당이다. 그 진위는 불명확하지만 아마도 '의'를 위해 참전해 준 명나라 군대를 관우의 '의리'에 대입해서 받아들였던 것이 아닐까.

여하튼 관우는 중국뿐만 아니라 한국에서도 신으로 대접받는 영광을 누리고 있는 셈이다. 동묘에는 관우 외에 그의 충복

이었던 주창周倉, 그리고 아들 관평을 양쪽에 같이 모시고 있다. 주창은 관우가 조조를 떠나 유비에게로 향하는 길에 만난 장수로 그 후 관우와 함께 생사고락을 함께한 인물이다. 그는 완력이 매우 세서 당할 자가 없었다고 전해지지만, 『삼국연의』가 만들어 낸 가공의 인물이다. 그리고 관평은 양자로 나오지만, 관우의 친아들이다.

한편, 조조는 원소의 맹장인 안량과 문추를 죽이는 승리를 거두고 관도로 돌아갔다. 하지만, 조조의 군사력에 비해 원소의 군사력은 여전히 막강했다. 게다가 조조 진영의 남쪽 강동에서 소패왕으로 불리던 손책(손견의 아들)이 원소와 호응하여 조조를 치기 위해 북상하려고 했다. 그런데 조조로서는 다행스럽게도 절체절명의 순간에 손책이 자객의 손에 의해 살해당하는 일이 벌어진다. 배후의 근심이 사라지게 된 조조로서는 천운이 따랐다고 할 수 있다.

『삼국연의』는 우길이라는 신선이 요술을 부려 백성들을 미혹시키자 손책이 그를 죽였는데, 이후 손책이 그의 망령에 시달리다 죽은 것으로 묘사하고 있다(『삼국연의』 제29회). 그러나 『삼국지』는 손책이 오군 태수 허공許貢의 문객에 의해 살해된 것으로 전한다(『삼국지·오서』「손책전」).

일찍이 손책은 조조가 관도에서 원소와의 결전을 준비하고 있을 때 허도를 급습해서 헌제를 옹립할 계획을 세우고 있었다. 이 사실을 안 허공이 조조에게 손책을 조정으로 불러들여 죽여야 한다는 서신을 보내려다 손책에게 잡혀 죽임을 당했다. 이에 앙심을 품은 허공의 문객들이 홀로 사냥을 나온 손책을 기습 살해했다는 것이다.

조조에게 생긴 또 하나의 행운은 원소의 책사인 허유許攸가 조조에게 귀순해 온 일이다. 허유가 관도에서 군량 부족으로 궁지에 몰린 조조와 대치하면서 병력을 반으로 갈라 허도를 급습하자고 제안하지만, 원소는 조조의 계략일 수 있다고 단칼에 거절한다. 게다가 허유는 부정을 저질렀다는 모략을 당하여 자신들의 가족이 해를 당하자 원소를 떠나 어릴 적 친구인 조조에게 귀순한 것이다(『삼국연의』 제30회). 『삼국지』에서 허유는 재물에 대한 탐욕이 강했는데, 원소가 그의 물욕을 채워 주지 않아 조조에게 투항했다고만 기록하고 있다(『삼국지·위서』「무제기」).

조조에게 투항한 허유는 순우경淳于瓊이 지키는 원소 측 병참기지인 오소烏巢 지역의 수비가 매우 취약하니 이곳을 기습할 것을 진언한다. 조조는 허유의 책략을 받아들여 오소를 함락하고 군량 창고를 불태우면서 승리를 결정지었다. 이로써 원소의 군세는 크게 약해져 황하를 건너 도망쳤다. 조조는 원소군의 군수물자와 진귀한 보물 등을 전부 몰수하고 부하들을 포로로 사로잡았다.

그가 몰수한 편지 중에는 허도의 관원과 자신의 군사가 원소와 내통하는 편지도 있었으나 조조는 그것을 모두 불태워 문제 삼지 않았다. 이 장면은 『삼국지』에도 그대로 기록되어 있다. 조조는 "원소가 한창 강성했을 때는 나 스스로도 나를 보전할 수 있을까 염려했는데, 하물며 다른 사람들이 그러는 것은 무리도 아니다"라고 언급했다. 이러한 에피소드는 조조가 막강했던 원소를 이길 수 있었던 비결과 그의 인물 됨의 일면을 보여준다고 할 수 있다.

이에 비해 원소는 허유의 진언과 장기전을 펼칠 것을 간언하는 저수의 의견을 무시하는 등 인재 활용에서 매우 미숙했다는 사실을 알 수 있다. 이것이 결국 원소가 막대한 군사력을 보유하고 있으면서도 조조에게 패한 이유 중 하나였을 것이다. 원소에게 조조와의 싸움은 장기전으로 가야 한다고 진언하다가 군중 감옥에 투옥된 저수는 원소군이 패한 후에도 끝내 조조에게 투항하지 않고 죽음을 자처했다. 그는 두 군주를 섬길 수 없다면서 끝내 죽음을 선택한다.

한편, 원소군을 격파하는 데 큰 공을 세운 허유는 자신의 공을 과신하고 거드름을 피우다가 허저에게 어이없이 죽임을 당하고 만다(『삼국지』에는 조조가 참수한 것으로 되어 있다). 황하 이북으로 도망친 원소는 크게 상심한 채 재기를 꿈꾸지만 곧 병사한다.

이후 원소군은 원담, 원희袁熙, 원상 세 아들 간의 불화로 인해 자중지란을 겪다가 모두 조조에게 각개격파당해 결국 망하고 만다. 원소가 사망한 이후 조조가 세 아들을 격파하고 화북을 평정하는 데에는 실로 5년여에 걸친 오랜 전쟁이 있었다. 다만, 『삼국연의』에서는 겨우 2회에 걸쳐 관도 대전의 뒷정리를 하는 듯 간략히 서술하는 데 그치고 있다.

건안 13년(208) 정월, 조조는 화북을 평정한 후 마침내 업도鄴都(현 허베이성 린장현)로 개선한다. 그는 왜 헌제가 있는 허도가 아니라 업도로 귀환한 것일까? 업도는 일찍이 황건적이 반란을 일으켰을 때 조조 자신이 거점으로 삼았던 곳으로 그로서는 인생의 전환점이 된 곳이다. 그해 조조는 후한 왕조가 취하고 있던 국가 행정의 최고 책임제도인 삼공三公을 폐지하고 승상제도를 설치하면서 스스로 승상에 취임한다.

　승상이란 황제를 보좌하는 최고 관직을 가리키는데, 전한 무제 시기 황제권을 강화하기 위해 폐지되었다. 후한시대에는 태위太尉·사도·사공司空 삼공이 설치되어 황제를 보좌했으나 조조가 이를 폐지하고 삼공의 권력을 통합한 승상제도를 부활시켜 자신의 권력을 강화해 나간 것이다. 한나라 황실을 대신하는 새로운 세계를 구축하고자 하는 조조의 야망이 서서히 드러나기 시작했다고 볼 수 있다.

제5장
제갈량의 천하삼분지계

　원소가 관도에서 조조와 대치하고 있을 때, 유비는 여남에 있는 황건적 잔당을 회유하기 위해 원소의 진영을 떠나 있다가 다시 돌아왔다. 하지만 마음이 편할 리 없었다. 자신의 부하인 관우가 원소의 맹장 안량의 목을 베고서 자신이 있는 곳으로 돌아왔기 때문이다. 이에 유비는 원소에게 남쪽 형주荊州의 유표劉表와 연합할 것을 진언하고 스스로 그 소임을 맡아 원소의 진영을 벗어나는 데 성공한다.

　만약 유비가 원소의 진영에 그대로 있었더라면 조조에게 잡혀 죽었을지도 모른다. 유비는 여남으로 와서 황건적 잔당인 공도龔都와 합류하여 조조를 배후에서 위협할 만한 세력을 형성하게 된다. 『삼국지』에는 "원소가 유비에게 부하들의 지휘를 맡기자 유비는 다시 여남에 이르러 적 공도 등과 합류하니 무리가 수천 명에 달했다"(『삼국지·촉서』「선주전」)라고 기록하고 있다.

유비로서는 수천 명의 병사가 다시 모여들어 재기의 발판을 마련할 수 있게 된 것이다. 조조는 이 사태를 방치한 채 두고 볼 수 없었기 때문에 즉시 채양蔡陽을 보내 유비를 공격했으나 패배하고 채양마저 전사했다. 『삼국연의』에서 채양은 관우가 황하를 건널 때 죽인 진기秦琪의 숙부로 등장한다. 조조의 명을 받들고 여남으로 이동하던 중 관우의 소식을 듣고 추격하다 관우에게 살해되는 것으로 설정되어 있으나 사실은 유비에게 죽임을 당한 것이다.

유비는 조조가 직접 대군을 이끌고 공격해 온다는 소식을 듣자 같은 황족인 형주의 유표에게 몸을 의탁해 형주 북부에 위치한 신야新野에 주둔했다. 『삼국지』에서는 조조가 직접 쳐들어온다는 소식을 들은 유비가 유표에게로 도망쳤으며, 공도 등도 뿔뿔이 흩어졌다고만 기록하고 있다(『삼국지·위서』「무제기」). 조조는 형주로 도망간 유비를 직접 추격하지 않고 군사를 돌렸다. 관도 대전에서 원소에게 승리했다고는 하지만 아직 원소가 멸망한 것은 아니었기 때문에 황하를 건너 하북에서의 일전을 도모할 필요가 있었기 때문이다.

조조가 황하를 건너 북방을 정벌하기 위해 분투하고 있는 동안, 형주로 들어온 유비는 6년 이상이나 한가로운 시간을 보내고 있었다. 감부인이 아들 유선을 낳은 것도 이때이다. 신야에서 세력을 키워 나가던 유비는 그즈음 유표에게 조조가 북벌에 나가 있는 빈틈을 이용해 허도를 공격하자고 제안하지만, 나이가 든 유표는 응하지 않는다.

유표는 형주 자사로는 유능한 인물로 평가되지만, 나이가 들면서 야망이 사라진 채 소극적 인물이 되어 버렸다. 그의 관심은 오로지 누구에게 후계를 물려줄 것인가에 있었다. 당시 유표에게는 두 명의 아들이 있었는데, 장남 유기劉琦와 차남 유종劉琮으로 서로 이복형제였다. 유표가 유비에게 후사 문제에 대한 의견을 구하니 당연히 장남에게 물려주어야 한다고 했다. 이를 들은 유종의 모친 채蔡부인(실제로는 유종의 친모가 아니다)은 유비를 괘씸하게 여겼다.

유비는 자기가 한 말에 실수가 있었음을 즉시 깨닫고 뒷간으로 갔는데, 자신의 허벅지에 살이 오른 것을 보고 눈물을 흘린다. 자리로 돌아온 유비의 얼굴을 보고 이상하게 여긴 유표가 연유를 물었다.

유비는 슬퍼하며 대답했다.

"지난날엔 몸이 말안장에서 떠날 겨를이 없어 허벅지에 살이라
곤 없었습니다. 그런데 요즈음 말을 탄 지 여러 해가 지나 허벅지
에 살이 올랐습니다. 세월은 덧없이 흘러가는데, 아무런 공도 세
우지 못해서 슬퍼했을 뿐입니다." ─ 『삼국연의』 제34회

여기에서 "자신의 기량을 발휘하지 못한 채 헛되이 세월만 보
내는 것을 한탄한다"라는 뜻의 비육지탄髀肉之嘆이란 고사성어가
만들어졌다. 유표가 유비를 위로하자 "저에게 근거지만 있다면
걱정할 것이 없습니다"(『삼국연의』제34회)라고 하니 유표는 유비
가 형주를 차지할 야망을 품고 있는 것이 아닌지 의심하여 경
계했다. 이 일화는 『삼국지·촉서』「선주전」에도 그대로 실려
있는데, 유비는 자신도 모르게 야심을 드러내 위기를 맞게 된
것이다.

이에 채부인과 그의 동생 채모蔡瑁는 유비가 모반할 의도가

있다고 여겨 연회석 자리를 만들어서 유비를 살해하려고 했다. 이를 사전에 눈치채고서도 연회석에 참석한 유비는 애마 적로를 타고 단계檀溪를 세 길이나 뛰어올라 무사히 도망갈 수 있었다.

적로를 타고 단계를 넘어 위험에서 벗어난 후에 유비는 수경水鏡 선생이라고 불리는 사마휘司馬徽를 만난다. 사마휘는 유비에게 복룡伏龍과 봉추鳳雛 두 사람 중 한 사람만 얻어도 천하를 호령할 수 있을 것이라고 말한다. 이에 복룡과 봉추가 누구인지 물어보았지만, 사마휘는 가르쳐 주지 않는다. 이튿날 신야로 돌아온 유비에게 영천潁川 출신의 단복單福이라는 인물이 찾아온다. 단복은 서서徐庶의 별명이다.

유비는 서서를 군사軍師로 삼아 인마를 조련하고 그의 계략을 활용하여 조조군을 격파한다. 이 사실을 안 조조는 서서를 유비로부터 떼어 놓기 위해 서서의 모친을 허도로 데려온 후 그녀의 필적을 흉내 내어 서서에게 거짓 편지를 보낸다. 어미가 조조에게 잡혀 있으니 와서 구해 달라는 것이었다.

이 편지를 받은 서서는 어머니를 구하기 위해 조조에게로 떠나면서, 유비에게 융중隆中의 와룡강臥龍岡 기슭에 천하 귀재인 제갈량이 살고 있으니 반드시 찾아가 청하라는 말을 남긴다. 유비가 그 인물이 바로 복룡이나 봉추가 아닌지 물으니 봉추는 양양의 방통龐統이고 복룡이 바로 제갈량이라는 사실을 알려 준다. 그 후 유비는 삼고초려 끝에 마침내 천하의 귀재 제갈량을 얻게 된다(『삼국연의』 제37회).

　『삼국연의』에서는 제갈량의 등장을 매우 드라마틱하게 그리고 있는데, 이 이야기에는 사실과 허구가 혼재되어 있어 진위 여부를 구분하기가 쉽지 않다. 『삼국지』에 의하면 복룡과 봉추가 누구인가라는 유비의 질문에 사마휘는 바로 제갈량과 방통이라고 알려 준다. 그리고 서서를 통해 제갈량은 가서 볼 수는 있어도 억지로 오게 할 수는 없으니 직접 몸을 굽혀 찾아가야만 한다는 말을 듣는다. 이에 유비는 삼고초려 끝에 제갈량을 만나게 된다(『삼국지·촉서』 「제갈량전」).

　서서는 본래 이름이 복福이고, '단가單家' 출신이라고 하는데, 단가란 집안이 변변치 못하다는 의미이다. 나관중이 의도했는지는 모르겠지만, 그의 이름을 단복으로 소개한 것은 명명이 매우 탁월하다고 하겠다. 조조에게 서서의 모친이 사로잡히자 서서가 유비의 곁을 떠났다는 일도 『삼국지』에서도 확인이 가

삼고초려

능하다.

하지만, 그의 모친이 조조에게 사로잡힌 것은 서서가 제갈량과 함께 유비를 위해 싸우다가 조조에게 쫓겨 강릉江陵으로 도망가던 중이었다. 조조가 모친의 필적을 흉내 내서 거짓 편지를 쓰게 했다는 것은 물론 창작이다. 이는 나관중이 제갈량의 등장을 극적으로 묘사하기 위한 장치인 것이다. 덧붙여 조조를 섬기게 된 서서는 이후 어사중승御史中丞이라는 상당히 높은 벼슬까지 올라간다.

서서를 통해 와룡臥龍, 즉 잠자는 용을 끌어내는 데 성공한 유비는 천군만마를 얻은 것과 같았다. 제갈량은 광화光和 4년(181)에 태어났으므로 유비보다 20살 연하이다. 유비와 만난 것이 건안 12년(207)이므로 27세가 되는 해이다. 제갈량은 산동 서주 낭야군 출신으로 한나라 사례교위司隸校尉 제갈풍諸葛豊의 후손이다. 숙부인 제갈현諸葛玄이 예장豫章 태수로 임명되자 그를 따라와서 농사를 짓고 있었다.

이때 영천 출신의 사마휘, 서서 등과 친교를 맺고 있었던 것이 계기가 되어 유비를 만나게 된 것이다. 제갈량은 유비를 만나 형주와 익주를 차지할 것을 조언한다. 그리하면 화북의 조조, 강동의 손권과 함께 천하를 삼분할 수 있다고 말한다. 이른바 '천하삼분지계'를 언급한 것으로 이를 통해 한나라 황실을 부흥시킬 수 있을 것이라고 했다.

유비는 라이벌이 되는 조조·손권과 달리 자신의 터전을 마련하지 못한 채 유랑 생활을 거듭하고 있었다. 따라서 이 조언은 유비에게 가뭄에 단비와도 같은 커다란 희망을 주었다. 제갈량과 함께 신야로 돌아온 유비는 그를 스승 모시듯 대하며 종일토록 천하의 일을 논의했다. 유비는 제갈량을 지나치게 가까이하는 것에 불만을 품은 관우와 장비에게 말했다.

"내가 량을 얻은 것은 물고기가 물을 만난 것과 같네. 두 아우들은 더 이상 여러 말을 하지 말라."
— 『삼국연의』 제39회

이 말은 『삼국지·촉서』「제갈량전」에도 그대로 실려 있다. 유비가 어느 정도로 제갈량과 같은 인재에 목말라했는지를 잘 보여 주는 대목이다. 그러던 중 제갈량의 능력을 가늠해 볼 기회가 왔다. 마침 조조가 하후돈과 우금을 보내 신야를 공격해 온 것이다. 유비는 모든 군사권을 제갈량에게 주어 싸움을 지휘하게 했다. 이른바 '박망 전투'이다.

이 전투에서 제갈량은 신출귀몰한 전법을 구사해서 하후돈이 이끄는 군대를 크게 격파했다. 제갈량을 깔보던 관우와 장비는 그에게 엎드려 예를 표했다. 이 박망 전투는 제갈량의 화려한 데뷔 무대로 유명하지만, 나관중의 창작이다.

『삼국지』에 의하면 이 박망 전투는 유비가 복병을 매복시켜 놓은 뒤, 자기 진영을 불태우고 도망하는 척하다가 추격해 오는 하후돈군을 기습하여 격파한 전투로서 제갈량을 만나기 전에 일어난 사건이다. 나관중은 이 싸움을 제갈량의 공로로 각색해서 그의 능력을 극적으로 보여 준 것이다. 이로부터 『삼국연의』의 세계는 제갈량이 펼치는 신출귀몰하고 흥미진진한 세계로 급진전한다.

제갈량이 구상한 천하삼분지계는 의외로 빨리 다가왔다. 유비가 제갈량을 만난 이듬해는 바로 그 유명한 적벽 대전이 발생한 해이다. 건안 13년(208) 1월 북벌에서 귀환한 조조는 업鄴 근처에 인공으로 현무지玄武池를 조성한 후 수군 훈련을 개시했다. 형주 및 그 이남의 강남 지역을 정벌하기 위한 사전 준비라고 할 수 있다.

마침내 그해 8월 조조는 대군을 거느리고 형주를 정벌하러 내려왔다. 그런데 조조가 형주로 내려오는 도중 공교롭게도 형주 자사 유표가 세상을 떠났다. 강하 태수로 나간 유기는 채부인의 계략으로 부친 장례에 참석조차 하지 못했다. 유종이 유표의 뒤를 이어 즉위했음은 물론이다. 이 상황을 『삼국지』에서는 다음과 같이 기록하고 있다.

8월, 유표가 죽자 아들 유종이 뒤를 이어 양양襄陽에 주둔하고 유비는 번성樊城에 주둔했다. 9월 조조가 신야에 도착하자 유종은 마침내 항복하고, 유비는 하구夏口로 도주했다.

— 『삼국지·위서』「무제기」

조조가 남쪽으로 정벌하러 오는 중에 유표가 사망하자 그 아들 유종이 후계를 잇고는 조조에게 사자를 보내 항복을 청했다. 유비는 번성에 주둔하고 있었는데 조조의 군대가 쳐들어오는 것조차 몰랐다. 조조의 군대가 완성宛城(현 난양시 완청구)에 이르렀을 때, 그 소식을 듣고는 마침내 무리를 이끌고서 떠났다.

— 『삼국지·촉서』「선주전」

『삼국연의』에서는 병이 위중해진 유표가 후사를 부탁하려고 유비를 부르자, 유비가 관우, 장비를 데리고 형주로 가서 유표를 알현한다. 유표는 자식들이 무능하니 형주를 맡아 달라고 부탁하지만, 유비는 자제들을 힘껏 돌볼 뿐 다른 생각은 없다고 사양한다. 그러던 중 조조가 대군을 거느리고 쳐들어온다는 소식을 듣고는 급히 신야로 돌아간다.

『삼국지』에서는 유비가 번성을 떠나 양양을 지나갈 때 제갈량이 유종을 치면 형주를 지배할 수 있다고 진언했으나 "차마 그렇게는 하지 못하겠소"(『삼국지·촉서』「선주전」)라고 사양했다고 한다. 소설의 내용과 상황 설정에 다소 차이는 있지만, 유비가 형주를 사양했다는 점은 공통적이다.

아마도 유비는 형주가 절대적으로 필요했지만, 조조의 대군 앞에 형주를 차지하는 것은 그다지 의미가 없는 일이라고 판단했을지 모른다.

조조의 대군이 쳐들어온다는 소식에 많은 형주 사람들은 유비를 따라 피난길에 올랐다. "당양當陽에 이를 무렵에는 무리가 10여 만에 이르고 군수물자는 수천 대나 되어 하루에 10여 리도 채 못 갔다"(『삼국지·촉서』「선주전」)라고 『삼국지』는 기록하고 있다. 이는 『삼국연의』에도 그대로 묘사되고 있다. 그런데, 당시 형주의 수많은 백성이 유비를 따라나선 이유는 무엇일까? "전쟁을 피해 안전한 곳으로 피난하려는 것은 인지상정이 아닐까?"라고 생각해 볼 수도 있지만, 『삼국연의』에서 묘사하듯이 "천하의 민심이 조조를 떠나 유비를 향해 있었던 것은 아닌가?"라고 생각해 볼 수도 있다.

게다가 건안 8년(203) '박망 전투'에서 유비의 승리를 기억하고 있던 주민들과 유종의 유약함에 불만을 품고 있던 가신들이 유비의 행군에 따라나선 것은 아닐까 생각한다. 당시 국력은 인구수에 비례했기 때문에 수많은 사람이 따르는 것은 매우 바람직한 일이었다. 그러나 이것은 동시에 조조의 추격에서 벗어나기 어려워지는 문제를 파생시키기도 했다. 따라서 조조의 추격에서 벗어나기 위해서는 피난 행렬을 버리고 가야 한다는 의견이 나오는 것은 지극히 당연한 일이었다. 유비는 이러한 의견에 대해서 다음과 같이 말했다.

> "큰일을 도모하는 사람은 반드시 백성을 근본으로 삼는다고 했소. 지금 백성들이 나를 따르고 있는데 어떻게 그들을 버린단 말이오?"
>
> — 『삼국연의』 제41회

자신만 살기 위해 따르는 백성을 차마 내버릴 수는 없다는 유비의 마음가짐은 백성들을 감복시키기에 충분했다. 나관중은 유비를 통해 진심으로 백성을 사랑하는 참된 지도자의 모습을 그렸던 것이며, 독자들 역시 무정한 현실 속에서도 이러한 유비를 통해 커다란 위로를 받았던 것이 아닐까 생각한다.

유비군은 조조의 대군에 비해 전력상 크게 뒤떨어졌다. 게다가 관우가 강하 태수 유기에게 지원군을 요청하러 가는 바람에 당양에서의 전력 손실은 심각한 지경이었다. 당시 조조는 5천 명의 정예 기병을 이끌고 유비를 뒤쫓았다. 다급해진 유비는 처자식마저 버리고 달아나다가 한진漢津에 이르러서 관우와 만나 배를 타고 강을 건너 겨우 위기를 모면했다.

이 당양 싸움에서 유비군은 조조에게 일방적인 패배를 당했으나 그 와중에서도 두드러진 활약을 보인 인물이 있었으니 바로 조자룡(조운)과 장비이다. 조자룡은 유비가 당양에서 처자식을 버리고 도주하자 유비의 가족을 구출하기 위해 미친 듯이 조조의 진영을 휘저으며 홀로 분전했다. 조조 휘하의 장수 하후은夏侯恩을 죽여 조조의 보검 중 하나인 청강검靑釭劍을 얻은 것도 이때이다.

조조는 자기 진영을 휘젓고 다니는 조자룡을 죽이지 말고 생포하라는 명을 내렸다. 그 덕분에 조자룡이 조조의 진영을 살아서 벗어날 수 있었는지 모르겠다. 유선을 구출하는 데 성공한 조자룡이 유비를 만나 공자가 무사함을 아뢰자 유비가 아들인 유선을 내던지며, "네까짓 어린놈 때문에 하마터면 내 훌륭한 장수를 잃을 뻔하지 않았느냐?"(『삼국연의』 제42회)라고 했다는 이야기는 아주 유명하다. 친자식보다 부하 장수를 소중히 여기는 유비의 의협심에 조자룡이 크게 감동했음은 말할 필요도 없다. 후세 사람들은 "충신의 마음을 위로할 길이 없어 일부러 아들을 내던졌다"라고 노래했다. 이 내용은 나관중이 다소 과장되게 묘사한 측면이 없지 않지만, 조조의 진영에서 목숨을 걸고 유비의 부인과 후계자를 구출한 일화는 조자룡을 영웅으로 만들기에 충분한 사건이었다.

조자룡이 적진으로 들어가 종횡무진 휘저으며 맹장으로서의 면모를 보여 주었다면, 밀려오는 적군을 홀로 막으며 유비 일행을 위기에서 구한 인물이 바로 장비이다. 당시 유비는 장비에게 기병 스무 명을 이끌고 조조군의 추격을 막으라고 명했다. 이에 장비는 당양의 장판교에서 조조군과 맞서 눈을 부릅뜨고 창을 비껴 잡으며 말했다.

"나는 장익덕이다(익덕은 장비의 자). 나와 맞서 죽기를 각오하고 싸울 자가 있겠는가!"

— 『삼국지·촉서』 「장비전」

장비의 사자후에 조조군은 모두 감히 다가서지 못했다. 이리하여 유비는 위기를 모면할 수 있었다. 『삼국연의』에서는 장팔사모를 잡고 외치는 장비의 호통 소리에 놀라 조조의 곁에 있던 하후걸夏候傑이 말 아래로 떨어져 거꾸로 박히고 조조를 비롯한 병사들이 줄행랑을 놓았다고 한다. 그리고 이 장면을 다음과 같이 시로 묘사하고 있다.

창을 비껴 잡고 고리눈 부릅뜨니
장판교 다리목에 살기가 등등하다.
한 번 치는 호통 소리 된 벼락 울리는 듯
조조 백만 대병을 혼자서 물리쳤네.   —『삼국연의』 제42회

조조의 대군 앞에 홀로 맞선 장비의 기개가 조자룡의 활약에 뒤지지 않을 만큼 박력 넘치게 그려지고 있다. 일찍이 관우가 원소의 맹장 안량을 단칼에 베고 돌아왔을 때 조조가 관우의 무공을 칭찬하자, 관우는 "제 아우 장비는 백만 적군 속에서도 적장의 머리 취하기를 마치 주머니 속 물건 꺼내듯 합니다"(『삼국연의』 제25회)라고 답한 바 있다. 나관중이 이처럼 책의 앞부분

에서 먼저 장비의 무공이 대단함을 사전포석처럼 깔아 놓았기 때문에『삼국연의』를 읽는 독자들은 호기로운 장비에 대한 이야기에 아주 친숙함을 느낀다.

그런데,『삼국연의』의 묘사가 다소 과장되었다고 하더라도 실제로 유비를 뒤쫓던 조조의 군사가 장비의 호통 소리에 전진하지 못하고 물러난 이유는 무엇일까? 만약 조조의 군사가 일거에 공격했다면 제아무리 만인을 대적할 수 있는 장비라고 하더라도 죽음을 면하지는 못했을 것이다. 그 이유를 생각해 보면 다음과 같다. 당시 싸움은 기본적으로 양측 장수가 대표로 나와서 일대일로 겨루는 싸움이 일반적이다. 따라서 이미 이긴 싸움에서 굳이 장비와 맞서 목숨을 걸 필요는 없었을 것이다. 게다가 장비는 부하들에게 다리 너머 언덕에서 나뭇가지를 꺾어 말꼬리에 매달고 분주히 뛰어다니도록 해서 마치 복병이 있는 것처럼 위장했던 것이다.

조조군이 물러나자 장비는 조조군의 추격을 우려해서 장판교 다리를 끊어 놓고 그 사실을 유비에게 보고했다. 이를 들은 유비는 장비가 용맹하지만, 지략이 부족했다고 질책했다. 그 우려대로 조조는 밤새 다리를 놓아 유비 일행을 추격해 왔다.

다만,『삼국지』에 의하면 장판교 다리는 장비가 끊은 것이 아니라 미리 끊어져 있었다고 기록하고 있다. 나관중이 장비가 끊은 것으로 묘사한 것은 아마도 용맹하지만 지략이 부족한 장비의 이미지에 더 친근감을 가지고 있었기 때문일 것이다.

그런데, 조조군이 장비를 공격하지 않은 것은 장비가 조조와 인척 관계이기에 인정을 베풀었기 때문이라는 해석도 있다. 『삼국지·위서』「하후연전」의 배송지 주에 의하면 건안 5년(200) 장비가 땔감을 구하러 나온 하후연의 조카를 사로잡아 아내로 삼고 자식을 낳았다고 한다. 조조는 본래 성이 하후씨로 하후연과는 사촌지간이다. 따라서 이 기록이 사실이라면 장비는 조조의 조카사위가 되므로 조카사위를 차마 죽일 수 없어 물러났다는 이야기가 된다.

훗날 하후연이 황충에게 죽임을 당했을 때 장비의 처가 묻어 주었다는 기록이 있고, 촉한으로 귀순한 하후패夏侯霸에게 유선이 자신의 아이를 보여 주며 하후씨의 외손자라고 말했다는 것에서 장비의 처가 하후씨였을 가능성은 매우 높다. 이러한 사실을 감안해서 추측해 본다면, 평소 출신과 상관없이 능력 위주로 인재를 등용한 조조가 장비에게 하후씨의 딸을 시집보내

인척 관계를 맺은 것은 아니었을까 하는 의심도 든다. 여하튼, 당양의 장판교 싸움에서 홀로 조조의 대군을 물러나게 한 공로로 장비의 명성은 더할 나위 없이 높아졌다.

제6장
불타는 적벽 대전

건안 13년(208) 8월 조조의 대군이 형주를 정벌하러 내려오는 도중 예상치 못한 일이 발생했다. 형주 자사 유표가 갑자기 세상을 떠난 것이다. 게다가 그 뒤를 이은 차남 유종은 괴월蒯越, 채모 등의 진언을 받아들여 한 차례 싸워 보지도 않고 조조에게 항복했다. 이 역시 조조로서는 전혀 예상치 못한 일이었다.

본래 양자강 중류의 광범위한 지역을 판도로 삼은 형주는 물산이 풍부한 데다 자사 유표의 통치 아래 전란 중에도 치안이 좋아 많은 사람이 피난 와 있었다. 유표의 수하에는 참모로 이름을 날린 형제가 있었으며, 수전에 능한 채모, 육전에 능한 문빙文聘 등도 있어 막강한 군사력을 보유하고 있었다. 게다가 유비도 형주에 의탁하고 있었기 때문에 화북을 평정한 조조라고 해도 결코 가벼운 상대는 아니었던 것이다.

그런데 이러한 형주를 피 한 방울 흘리지 않고 손에 넣게 되자 조조는 이 기회에 단숨에 강남의 손권까지 정벌하고 싶은 마음이 생겼다. 이에 관도 대전의 일등공신으로 평가받는 가후는 조조에게 명공(조조)의 명성과 위세가 이미 천하에 알려졌으니 옛 초나라의 관리와 선비들에게 상을 내리고 백성을 편안하게 한다면 강동의 손권은 군대를 동원하지 않더라도 항복할 것이라고 진언했다(『삼국지·위서』「가후전」). 그러나 조조는 이 조언을 따르지 않았다. 정욱 역시 지금 손권을 공격하면 유비와 협력해서 저항할 것이므로 자중할 것을 권했으나 역시 들으려고 하지 않았다(『삼국지·위서』「정욱전」).

조조는 그해 10월 강동의 손권에게 서신을 보냈다.

근래 황제의 명을 받아 죄인을 토벌함에 군기軍旗가 남쪽을 가리키자 형주의 유종은 바로 항복해 왔다. 지금 80여 만의 수군을 거느리고 그대(손권)와 오의 땅에서 만나 함께 사냥을 하고자 한다.

— 『삼국지·오서』「손권전」

손권의 아버지 손견은 오군吳郡 부춘富春 출신으로 일찍이 황건적의 난이 발생했을 때 조조와 함께 군사를 일으켜 황건적을 진압하는 데 공을 세운 인물이다. 그의 아들 손책은 젊어서 사망했지만, 손책의 동생 손권은 오군을 근거지로 해서 세력을 넓히고 있었다. '오의 땅'에서 함께 사냥을 하자고 한 것은 항복할 뜻이 없다면 끝내 유비와 함께 멸망시키겠다는 협박인 셈이다. 『삼국연의』에서는 손권에게 보낸 서신을 순유의 계책으로 묘사하고 있으나 『삼국지』에 의하면 조조의 판단에 따른 것이다. 당시 조조의 나이가 이미 50대 중반을 넘겼기 때문에 천하통일을 서둘러야 한다는 조급함이 앞섰던 것으로 보인다.

수군 80여 만을 보유하고 있다는 조조의 서신 내용은 지나치게 과장된 측면이 없지 않다. 하지만, 손권이 이 편지를 신하들에게 보여 주자 오나라의 중신들은 장소張昭를 비롯해 모두 두려운 나머지 항복할 것을 권유했다. 조조의 허세가 효력을 발휘한 셈이다. 이러한 위기 상황에서 유일하게 조조에게 대항하자고 주장한 인물이 있었으니 바로 노숙魯肅과 주유周瑜(175년~210년)이다.

노숙은 자가 자경子敬으로 임회군臨淮郡 동성현東城縣 사람이다.

『삼국연의』에서 노숙은 실속 없이 사람만 좋은 어리숙한 존재로 등장하지만, 그는 부유한 집안에서 태어나 가난한 이들을 구제하고 명사들과 교제하는 데 재물을 아끼지 않았다고 한다. 일찍이 주유가 거소현의 현장이 되었을 때 부하들과 함께 노숙을 찾아가 자금과 식량을 요청한 적이 있다.

이에 노숙은 자신이 소유하고 있던 곳간 두 곳 중 한 곳을 통째로 주유에게 내주었다고 하니 그가 어느 정도 통이 큰 인물이었는지 짐작할 수 있다. 이런 대담함은 재력은 있지만, 그다지 내세울 신분이 없었던 노숙이 출세를 위해 과감하게 투자를 했다고 볼 수도 있다. 주유는 이 일을 통해 노숙이 비범한 인물임을 확신하여 그와 친밀한 관계를 유지하게 되었으며 손권에게 소개하기에 이른다.

손권을 만난 노숙은 한나라 황실은 다시 일어설 수 없고 조조는 쉽사리 제거할 수 없기 때문에 강동을 차지해서 천하의 정세를 관망하라고 간언한다. 그리고 기회를 보아 형주의 유표를 쳐서 장강 이남을 점령해 제왕의 업을 이룩하면 천하통일을 도모할 수 있을 것이라고 의견을 피력했다(『삼국지·오서』「노숙전」). 제갈량의 천하삼분지계와 유사한 노숙의 견해 ―게다가 이는 제갈량보다 앞서 나왔다— 에 대해 당시 손권은 그다지 공감을 표하지는 않았지만, 노숙만큼은 매우 귀하게 여겼다.

　노숙은 조조에게 항복하라는 여러 공신과는 다른 의견을 제시한다. 비록 궁지에 빠졌지만, 여전히 형주에서 인망을 얻고 있는 유비와 동맹을 체결하면 조조에게 대항할 수 있을 것이라고 손권에게 진언했다. 때마침 유표가 사망하자 노숙은 조문 명목으로 형주의 정세를 살피러 갔다. 그곳에서 유비를 만나 손권과 힘을 합치도록 권유한다.

　조조에게 패해 도망치기 바빴던 유비로서는 더할 나위 없는 구원의 손길이었을 것이다. 노숙은 제갈량을 처음 만나는 자리에서 "나는 자유子瑜의 친구요"라고 했다. 자유는 제갈량의 친형인 제갈근諸葛瑾(그는 손권의 신하이다)을 가리키는데, 제갈량에게 친밀감을 주기 위한 의도적인 발언이었다. 노숙은 제갈량과 함께 손권이 있는 시상柴桑으로 돌아왔다. 당시 손권은 신하들과 함께 조조에 대한 대비책을 논의하고 있었는데, 장소를 비롯한 신하들이 모두 조조에게 항복할 것을 권하던 중이었다. 고민하는 손권에게 노숙은 말했다.

"현재 저 같은 사람은 조조에게 항복을 할 수 있지만, 장군(손권) 같은 사람은 할 수 없습니다. 무엇 때문에 이렇게 말하겠습니까? 지금 저는 조조에게 항복을 해도 고향에 돌아가 지방의 관리 정도는 할 수 있을 것이지만, 장군이 조조에게 항복한다면 어디 돌아갈 곳이 있겠습니까?"

— 『삼국지·오서』「노숙전」

이 이야기는 『삼국연의』(제43회)에도 그대로 실려 있다. 실제 노숙은 위에서 언급했듯이 고향에 돌아가 관리를 할 수 있을 정도로 대단한 집안 출신이 아니었지만, 이 말이 손권의 마음을 움직인 것만은 틀림없다. 손권은 다음과 같이 말했다.

"여러 사람들의 말은 나를 크게 실망시켰소. 오늘 그대(노숙)가 내게 밝힌 원대한 계획은 내 생각과 일치하오. 이는 하늘이 그대를 내게 내려 준 것이오."

— 『삼국지·오서』「노숙전」

게다가 노숙과 함께 온 제갈량은 손권과의 회담에서 조조의 군세가 대단하지만, 유비와 유기가 거느리는 수군 정예 병사가 각각 만여 명 정도 있다는 것, 조조의 군사는 먼 길을 달려와 지처 있으며 수전에 익숙하지 않다는 것, 형주의 백성이 마음으로부터 조조에게 복종하는 것이 아니라는 것 등을 들어 조조를 격파할 수 있다고 손권을 설득했다. 마침내 손권은 기뻐하며 유비와 동맹을 맺고 조조와 대항하기로 한다(『삼국지·촉서』「제갈량전」).

『삼국연의』에서는 강동 신하들이 조조의 군세를 두려워하며 손권에게 항복할 것을 주장하는 자리에 노숙과 함께 제갈량이 나타난다. 그리고 제갈량은 장소, 고옹 등 문무관원을 상대로 치열한 설전을 벌인 끝에 그들을 제압하고 나아가 손권을 설득한다(『삼국연의』 제43회). 손권을 설득하는 장면은 대체로 『삼국지』와 일치하지만, 신하들과의 설전은 『삼국지』에서는 찾아볼 수 없다. 여기에서 제갈량은 비록 조조의 군세가 많지만, 오합지졸에 불과하고 또한 그는 한나라의 역적이기 때문에 물리쳐야 한다고 설파했다.

당시 파양鄱陽에서 수군을 훈련시키고 있다가 노숙의 요청을 받고 급히 돌아온 주유도 손권을 설득했다. 조조가 한나라 승상임을 대의명분으로 삼고 있지만 실제로는 반역자에 불과하다는 것, 우리는 손권 장군의 웅대한 무략과 재능을 가지고 있으며, 정예 병사에 식량도 풍족하여 한나라 황실을 위해 반역자를 제거해야 한다는 것, 조조의 배후에는 양주의 한수와 마초가 있어 조조를 위협하고 있다는 것, 게다가 조조의 군대는 수전에 익숙하지 않으며 강남의 풍토에 적응하지 못해 질병이 만연하고 있다는 것 등의 조건을 들어 손권에게 결전을 독려했다(『삼국지·오서』「주유전」).

『삼국연의』에서도 주유는 조조군과 싸워야 한다는 입장에 서 있지만, 속내를 감춘 채 중신들과 장수들의 의중을 떠보려고 한다. 노숙에게는 오히려 강동의 안전을 위해 조조군에게 항복하는 것이 좋을 것 같다고 한다. 이러한 주유의 속내를 아는지 모르는지 제갈량은 조조가 동오를 공격해 온 것은 다른 이유가 아니라 대교大喬와 소교小喬 두 자매를 얻어 동작대銅雀臺에 두고 만년을 즐기기 위해서이니 이 두 사람을 사서 조조에게 보내면 모든 문제가 해결될 것이라고 넌지시 권하면서 동작대부銅雀臺賦를 읊어 보인다.

대교는 손책의 부인이고 소교는 주유의 부인으로 이를 들은 주유는 격노해서 마침내 조조와의 일전을 결심하게 된다. 주유의 분노를 사기 위한 제갈량의 계책이 들어맞은 것이다(『삼국연의』제44회). 그런데 흥미롭게도 사실 동작대는 적벽 대전이 끝난 지 2년 후(210)에 완공되었다. 『삼국연의』에서도 적벽 대전이 끝난 후에 조조가 동작대를 완공한 후 연회를 개최하면서 왕랑 王郞·종요鍾繇 등 학식이 높은 문관들에게 시를 지어 기념하게 하고 있다(『삼국연의』제56회).

조조의 아들 조식曹植이 지은 동작대부는 아마 이때 지어졌을 것이다. 따라서 적벽 대전 이전 제갈량이 조식의 동작대부를 읊는 장면은 『삼국연의』에서도 시간적으로 맞지 않는다. 이러한 모순은 『삼국연의』가 나관중 혼자만에 의해 지어진 것이 아니라는 것을 의미하지만, 시간을 거스르면서도 종횡무진 이야기를 흥미롭게 전개한다.

게다가 제갈량은 동작대부에 나오는 구절 중 "두 개의 다리를 동서로 이어 놓으니 마치 하늘에 걸린 무지개 같구나(連二橋於東西兮, 若長空之蝀蝀)"라는 말을 "이교二喬를 동남에서 데려와 아침저녁으로 함께 즐기리라(攬二喬於東南兮, 樂朝夕之與共)"라는 말로 슬쩍 바꿔치기해서 주유를 분노하게 만들어 투쟁의 의지를 불태우게 했던 것이다.

이리하여 삼국시대 최대의 격전이라고 불리는 '적벽 대전'의

막이 오르게 되었다. 당시의 군세를 보면, 조조는 손권에게 보낸 서신에서 자신의 군사를 80만 대군이라고 했지만, 실제로는 북방에서 온 30만에 형주에서 얻은 10만을 포함해서 약 40만 정도였다. 그리고 그중 전선으로 나온 군사가 약 절반인 20만 이었다. 이에 비해 손권의 군사는 10만 정도였는데 그중 주유에게 주어진 것이 약 5만이었으며, 전선에 배치된 것은 3만 정도였다. 유비의 군사는 제갈량이 약 2만을 언급했으나 실제로는 2천 정도에 불과했다. 여기서 보듯 노숙이 유비와 동맹을 추진한 것은 유비의 군사력을 보고 내린 결정은 아니었다는 사실을 알 수 있다.

적벽 대전은 독자들이 가장 통쾌하게 생각하는 전투로 『삼국연의』의 백미라고 할 수 있다. 『삼국연의』를 읽지 않은 사람들조차도 적벽 대전만큼은 잘 알고 있을 정도이다. 그러나 역사서에서는 매우 소략하게 기록하고 있는데, 그중에서도 비교적 상세한 『삼국지·오서』 「주유전」에 의거하면 다음과 같다.

손권과 유비의 연합군 총대장은 주유였다. 연합군은 조조군과 적벽에서 만나 한 차례 싸웠는데, 조조군이 질병에 걸려 제대로 싸우지 못한 덕에 연합군이 승리했다. 이전에 노숙과 주유 그리고 제갈량이 언급한 대로 조조군은 남방의 풍토에 적응하지 못해 질병에 걸려 제대로 힘을 발휘하지 못한 것 같다.

이에 조조군은 함대를 정렬해서 장강의 북쪽 해안가에 주둔했다. 조조군의 대함대는 함선을 서로 밀접하게 연결해서 든든하게 벽을 쌓고 소형함을 주축으로 한 연합군 공격에 대비했다. 조조군에 맞서는 연합군은 장강 남쪽 해안가에 주둔했는데, 주유의 부장 황개黃蓋가 조조의 주둔지를 살펴본 후 이를 격파할 수 있는 묘책을 제안했다.

"지금 적군은 많고 아군은 적어서 오랜 시간 싸우면 곤란합니다. 그러나 제가 보기에 조조군의 배는 앞뒤가 서로 이어져 있으므로 불을 지르고 달아날 수 있습니다."

— 『삼국지·오서』「주유전」

함선을 서로 연결한 조조군의 대함대에 불을 지르면 어떻게 될지는 명약관화다. 이에 주유는 황개의 의견을 받아들여 조조에게 거짓으로 투항한다는 서신을 보내게 했다. 황개가 보낸 서신에는 비록 손씨의 두터운 은혜를 입어 장수를 맡고 있으나 형세상 조조군에 대항하는 것은 중과부적인데 오직 주유와 노숙만이 편협한 생각을 하고 있으므로 귀순해서 천하의 대세를 따르겠다는 내용을 담고 있었다.

전술 전략에 탁월한 조조가 황개의 거짓 항복을 간파하지 못한 것은 무언가에 홀렸다고 밖에 볼 수 없다. 황개는 기름을 먹인 마른 장작과 건초를 가득 싣고 투항하는 척하며 조조의 진영에 이르러 불을 질렀다. 그때 동남풍이 아주 세차게 불어 해안 위의 진영까지 순식간에 불길이 번지면서 불에 타죽거나 물에 빠져 죽은 군사가 헤아릴 수 없었다. 선단과 군대의 대부분을 잃은 조조는 패잔병을 거느리고 겨우 북쪽으로 달아날 수 있었다.

이상이 『삼국지·오서』「주유전」에 의거해서 재현한 적벽 대전의 모습이다. 우리가 소설 삼국지 혹은 영화나 만화 등을 통해 알고 있는 것과는 달리 매우 간략하게 묘사되어 있다. 『삼국지·위서』「무제전」은 더욱 간략하게 기술하고 있다.

조조는 적벽에 도착해서 유비와 싸웠지만 형세가 불리했다. 이때 역병이 크게 유행하여 관리와 병사를 많이 잃어 조조는 군대를 이끌고 돌아왔다. —『삼국지·위서』「무제전」

여기에서는 화려한 전투 장면은커녕 단지 역병이 유행하여 철수했다고만 기록하고 있다. 그것도 주유와의 싸움은 언급조차 없이 유비와 싸웠다고만 한다. 아직 애송이라고 생각하는 손권과 싸워 패했다는 사실을 조조는 받아들이기 어려웠던 것일까. 그보다는 한때 영웅이라고 추켜세웠던 유비와 싸워 패했다고 하는 것으로 다소 위안을 삼았던 것일까. 여하튼 위나라를 정통으로 생각하는 『삼국지』에서 진수는 이 적벽 대전에서의 조조의 패배를 그다지 심각하게 묘사하고 있지는 않다.

　『삼국지』에서는 매우 간략하게 언급되어 있는 적벽 대전에 대해 『삼국연의』는 역사적 사실을 과장하거나 작가의 상상력을 동원하여 스펙터클하게 묘사하고 있어 읽는 이들로 하여금 재미와 긴장으로 손에 땀을 쥐게 한다. 이제 그 이야기를 재구성해 보자.

　우선, 양군이 대치할 때 염탐선을 타고 조조의 진영을 살펴본 주유는 조조군 장수 채모와 장윤張允을 없앨 계략을 세운다. 그때 마침 주유와 동문수학한 적이 있는 장간蔣幹이 조조 측의 사자로 주유 진영에 왔다가 형주 수군을 책임지고 있는 채모와 장윤이 주유와 내통하고 있다는 거짓 편지를 가지고 돌아간다.

어리석게도 이를 믿은 조조는 채모와 장윤을 처형해 버린다. 주유의 반간계反間計가 성공한 것이다(『삼국연의』 제45회).

장간이 조조의 명을 받고 주유를 설득하기 위해 주유의 진영에 찾아간 것은 사실이다. 하지만, 장간이 주유를 찾은 것은 전쟁이 시작되기 전으로 조조가 손권을 회유하기 위해 여러 차례 사자를 보낸 시기의 일이다. 장간은 지혜롭고 언변이 뛰어난 인물로 알려져 있는데, 『삼국연의』에서는 주유의 계략에 쉽게 속는 어리숙한 인물로 등장한다. 여기에서 조조는 장간의 거짓 정보에 속아 채모와 장윤을 처형하는 것으로 설정하고 있지만, 실제로 채모와 장윤은 조조에게 후한 대접을 받았으며 높은 관직에까지 오른다.

『삼국연의』에서 장간은 다시 주유를 찾았으나 주유는 화를 내며 장간을 서산西山의 한 암자에 가둔다. 주유는 이곳에 미리 방통을 기거하도록 하고 있었다. 방통은 이전에 수경 선생 사마휘가 유비에게 복룡과 봉추 두 사람 중 한 사람만 얻어도 천하를 호령할 수 있을 것이라고 말한 봉추이다. 밤중에 우연히 만난 방통이 장간에게 주유를 비난하자 함께 조조를 만나러 가기로 한다. 오래전부터 방통의 소문을 들어온 조조는 그를 청하여 함께 군영을 시찰한다. 방통은 조조의 군사가 수전에 익숙하지 않은 것을 보고 조조에게 전함을 쇠사슬로 묶어 연결할 것을 건의한다.

"북방 군사들은 배에 익숙지 못하므로 배가 출렁거리기만 해도 병이 날 것입니다. 만약 큰 배와 작은 배를 서로 맞추어 쇠사슬로 연결하고 그 위에 널빤지를 깔면, 사람은 물론 말도 달릴 수 있습니다. 이런 배를 타고 나간다면 제아무리 풍랑이 일더라도 두려울 게 무엇이겠습니까?"

— 『삼국연의』 제47회

당시 조조군은 수전에 익숙하지 않아 병든 자가 속출하고 있었기 때문에 조조는 방통의 제안을 듣고 크게 기뻐한다. 이에 곧바로 대장장이를 불러 쇠고리와 대못을 만든 다음 배와 배를 서로 묶어 놓으라고 명한다. 이 방통의 연환계連環計는 결국 손권군의 화공으로 선단이 불바다가 되면서 대패를 당하게 되는 원인이 되었다.

만약 장간이 『삼국연의』를 읽는다면, 조조가 적벽 대전에서 크게 패하게 되는 요인을 만든 장본인이 바로 자신으로 묘사된 것을 보고 무척이나 억울해하지 않았을까 하는 생각이 든다. 그런데, 방통이 연환계를 내자 조조 진영에 있던 서서가 이를 간파하고 자신에게도 살길을 알려 달라고 한다. 이에 방통은 서서에게 마초가 반란을 일으킬 것이라는 거짓 명목을 내세워 허도로 돌아가라고 한다. 서서는 방통의 조언대로 해서 조조에게 3천 명의 군사를 얻어 돌아가 목숨을 건진다(『삼국연의』 제48회).

방통의 연환계는 『삼국연의』의 창작이다. 조조의 선단을 연결한 것은 바로 조조의 책략이었다. 그런데 흥미로운 사실은 적벽 대전이 일어났던 음력 11월은 한겨울임에도 불구하고 동남풍이 불었다는 사실이다. 조조의 선단이 서북쪽에 위치하고 있기 때문에 만약 동남풍이 불지 않았다면 황개의 화공은 그다지 효력이 없었을 것이다. 『삼국연의』에서도 이 점을 의식한 듯 한겨울 동남풍에 대해 설명하는 장면이 있다. 조조의 책사인 정욱이 "적군이 화공을 쓰면 피하기 어렵습니다"라고 하자 조조는 다음과 같이 말한다.

"대저 화공을 쓰려면 반드시 바람에 의지해야 하는데 이 엄동설

한에 북서풍이 있을 뿐, 어찌 동남풍이 있겠소. 우리가 서북쪽에 있으니 저들이 화공을 쓴다면 오히려 자기편 군사들을 태워 버리게 될 것이니 무엇이 두렵겠소." —『삼국연의』제48회

나관중은 화공을 걱정하는 참모들에게 조조가 시기상으로 보았을 때 손권군이 화공을 쓸 경우 바람 방향이 오히려 손권군에게 위험을 불러오기 때문에 생각조차 하지 못할 것이라고 안심시키는 장면을 설정했다. 이는 당시 동남풍이라는 바람 방향의 시기적 이례성에 대한 복선이라고 할 수 있다.『삼국지』의 무미건조한 서술과 달리『삼국연의』는 이례적인 바람 방향을 둘러싸고 이야기를 드라마틱하게 전개하고 있다.『삼국연의』는 동남풍 걱정으로 병을 얻은 주유를 대신해 제갈량이 남병산에 칠성단을 쌓고 기도를 드려 삼 일 밤낮으로 동남풍을 일으켰다고 묘사하고 있다(『삼국연의』제49회).

제갈량의 신출귀몰한 재주를 보여 주는 장면이지만, 제갈량이 실제 그런 마법을 부렸을 리는 없을 것이다. 그렇다면 한겨울에 동남풍이 불었던 것을 어떻게 이해해야 할까? 이 지역에서는 동지 이후가 되면 일시적으로 동남풍이 불기도 한다고 한

다. 이곳 출신으로 이 지역 상황을 잘 알고 있던 주유와 황개가 이 사실을 알고 있었던 것은 아닐까 하고 추측해 보지만, 확실한 것은 알 수 없다.

『삼국연의』가 묘사하는 적벽 대전은 조조군과 손권·유비 연합군의 싸움뿐만 아니라 제갈량과 주유의 지혜 겨루기도 볼 만하다. 실제로 주유는 노숙과 달리 유비와 동맹을 체결하는 데에는 찬성하지 않았기 때문에 양자 사이의 대립은 사실감을 더해 주고 있다. 『삼국지』의 저자 진수는 주유에 대해 결단력이 있으며 보통 사람을 뛰어넘는 비범한 재능의 소유자였으며, 사람을 감복시킬 정도로 아량이 넓고 겸손한 인물이었다고 평가하고 있다(『삼국지·오서』「주유전」). 손권 역시 "왕을 보좌할 만한 자질이 있다"라고 높게 평가했는데, 『삼국연의』에서는 주유에 대해 뛰어난 재능을 지녔지만, 승부욕에 사로잡힌 나머지 제갈량에 대한 열등감 때문에 화병에 걸려 죽는 조급한 성격의 인물로 왜소화시키고 있다.

주유는 조조와의 싸움을 준비하는 와중에도 제갈량의 기량이 상당히 뛰어나기 때문에 언젠가 자신들에게 화를 불러올 것으로 보고 기회를 틈타 죽이려고 한다. 그러던 어느 날 주유가 제갈량에게 열흘 안에 화살 10만 개를 준비하라고 요구하자 제갈량은 한술 더 떠서 한시가 급하니 사흘 안에 만들어 오겠다고 한다. 그리고 약속을 지키지 못하면 자신의 목숨을 내놓겠다고 장담한다.

주유로서는 제갈량을 합법적으로 죽일 수 있는 절호의 기회를 잡은 셈이었다. 주유는 내심 기뻐하며 제갈량에게 군령장을 내리는 한편, 군내의 장인들에게 일부러 시간을 끌어 납기일에 맞추지 못하게 했다. 이를 구실로 삼아 노골적으로 제갈량을 죽이려는 의도였다. 이러한 주유의 의도를 아는지 모르는지 제갈량은 느긋했다. 단지 걱정이 되어 찾아온 노숙에게 배 20척과 군사 500명을 빌린다. 마침내 삼 일째 되는 날 안개가 짙게 깔려 한 치 앞을 분간하기 어려워졌다.

그날 제갈량은 노숙과 함께 배에 허수아비를 가득 세우고는 기습하는 척하며 조조의 진영으로 돌진했다. 안개가 싸여 앞이 잘 안 보이는 가운데 조조군은 제갈량이 탄 배가 기습해 오는 줄 알고 엄청난 양의 화살 공격을 가한다. 이리하여 제갈량은 배에 가득 세워 놓은 허수아비에게 쏟아진 화살로 인해 간단히 화살 10만 개를 만드는 데 성공한다(『삼국연의』 제46회). 주유를 능가하는 제갈량의 탁월한 지략에 감탄이 절로 나온다.

이 이야기는 『삼국연의』의 창작이지만, 그와 유사한 일이 역사상으로도 실재했다. 일찍이 원술의 휘하에 있던 손견(손권의 아버지)은 원술의 명을 받아 형주의 유표를 공격하게 된다. 배후에 있는 원술 때문에 직접 손견을 맞이할 수 없었던 유표는 부하인 황조에게 강하에서 손견의 공격에 대비하게 한다. 이에 황조는 만반의 준비를 갖추고 손견의 군단이 강가에 나타나자 매복해 두었던 석궁부대로 공격에 나섰다.

손견은 섣부르게 상륙하지 않고 며칠 동안 함성만 지르며 강위를 오르락내리락하기만 했다. 황조의 궁수들은 무턱대고 배를 향해 활을 쏘아 댔다. 마침내 손견이 그 화살들을 남김없이 주워 모으게 하니 자그마치 10만여 개나 되었다고 한다. 제갈량이 손쉽게 10만여 개의 화살을 손에 넣는 장면은 아마 이 손견의 일화를 모티브로 해서 나관중이 창작했을 가능성이 높다.

한편, 적벽 대전에서 패배한 조조는 도망치는 도중에 조자룡, 장비 등의 공격을 받아 만신창이가 된 채 화용도華容道에 이르게 된다. 100만 대군을 자랑하던 조조 군사는 모두 뿔뿔이 흩어진 채 겨우 100여 명만 조조의 뒤를 따를 뿐이었다. 그런데 제갈량은 조조가 이곳을 지나갈 것이라는 것을 미리 예측해 관우에게 화용도를 지키게 했다. 절체절명의 위기에서 조조는 비참함을 무릅쓰고 관우에게 이전의 정리를 생각해서 목숨만은 살려 줄 것을 구걸한다(『삼국연의』 제50회).

조조로서는 굴욕적인 일화이지만, 이 역시 『삼국연의』의 작가가 만들어 낸 이야기이다. 사실 적벽 대전에서 조조가 큰 손실을 보았던 것은 사실이지만, 목숨이 위태로울 정도의 패배는 아니었다. 그런데, 일찍이 관우는 조조에게 사로잡혔다가 벗어난 적이 있다. 이에 나관중은 화용도에서 관우에게 의리로 조조를 살려 주게 함으로써 조조에 대한 은혜를 갚게 하는 한편, 관우의 넓은 아량을 보여 주고자 했던 것이 아닐까. 여하튼 이 사건으로 인해 관우는 '충신'의 이미지에다 '의리'도 넘치는 인물이라는 이미지를 더할 수 있게 되었다.

역사에 만약은 없지만, 조조가 책사 가후의 진언을 받아들여 강동을 공격하는 대신 회유했다면 삼국의 역사는 또 다른 방향으로 흘렀을지도 모른다. 형주를 피 한 방울 흘리지 않고 손에 넣은 후 갖게 된 지나친 자신감은 조조에게 패배의 쓴맛을 안겨 주었다. 비록 적벽 대전의 패배가 조조에게 치명적인 것은 아니었지만, 이를 통해 일찍이 제갈량이 구상한 천하삼분지계가 서서히 현실이 되어 갔다는 것은 의심의 여지가 없다.

제7장
제1차 형주 분할 및 조조의 관중 정벌

적벽 대전에서 패배한 조조는 형주 북부의 남군南郡(강릉)과 양양에 각각 조인曹仁(조조의 사촌 동생)과 악진을 남겨 두고는 북으로 돌아갔다. 이후 『삼국연의』에서는 주유가 남군과 양양을 획득하기 위해 부상을 당하면서까지 죽을힘을 다해 싸우지만, 양측이 싸우다 힘이 빠진 틈을 이용해 제갈량이 가로채는 것으로 묘사하고 있다(『삼국연의』 제51회). 제갈량 덕에 형주와 양양을 점령한 유비는 남쪽의 무릉武陵·장사長沙·계양桂陽·영릉寧陵 네 군을 크게 힘들이지 않고 가볍게 점령한다. 이리하여 유비는 형주 일대를 그다지 고전하지 않고 차지하게 되었다(『삼국연의』 제52, 53회).

그러던 차에 유표의 장남 유기가 사망하자 손권은 노숙을 보내 형주를 돌려 달라고 하지만, 제갈량의 계책으로 서천西川(사천)을 도모한 후에는 형주를 돌려주겠다는 문서를 써서 돌려보낸다. 이에 손권은 주유의 계략에 따라 자신의 누이와 유비를 결혼시킨다고 유인해서 유비를 죽이려고 했지만, 이 역시 제갈량의 묘책으로 실패한다(『삼국연의』 제55회). 주유는 여러 차례 제갈량의 계략으로 인해 형주를 되찾는 데 실패하고는 화가 치민 나머지 부상당한 상처가 도져 쓰러지고 만다. 그리고 "하늘은 이미 주유를 내시고 어찌하여 또 제갈량을 내셨습니까?"(『삼국연의』 제55회) 하고 부르짖고는 급기야 분사하고 만다.

『삼국연의』에서는 주유와 노숙을 제갈량의 묘책에 농간당하는 어리석은 존재로 희화화하고 있는데, 『삼국지』에 의거해 보면 형주를 둘러싼 양측의 공방전이 매우 치열했음을 알 수 있다. 이를 재구성해 보자.

적벽 대전에서 패배한 조조가 북방으로 돌아간 후 주유는 승리의 기세를 몰아 정보程普, 여몽呂蒙, 감녕甘寧을 거느리고 남군의 조인을 공격한다. 주유는 고전 끝에 겨우 조인을 북쪽으로 몰아내고 남군을 점령하는 데 성공했다. 『삼국연의』에서는 조인을 지략이 부족한 장수로 묘사하고 있지만,『삼국지』의 저자 진수는 오히려 조인을 적은 수의 군사로 주유의 대군을 오랫동안 잘 막은 '하늘이 내린 장수'로 높게 평가하고 있다(『삼국지·위서』「조인전」).

실제로 이 싸움에서 부상을 당한 주유는 유비에게 원군을 요청해 협공을 해서 간신히 조인을 물리친다. 남군은 사천으로 들어가는 길목에 해당하는 요충지이기 때문에 손권은 주유를 남군 태수로 명하고 강릉에 주둔하게 했다(『삼국지·오서』「주유전」). 그리고 유비가 도와준 대가로 남군의 일부를 유비에게 빌려주었다. 위의『삼국연의』에서 손권이 노숙을 보내 형주를 돌려 달라고 한 것은 바로 이러한 배경에서이다. 여하튼『삼국연의』에서처럼 유비는 전혀 힘도 들이지 않은 채 제갈량의 계략으로 남군을 차지한 것은 아니다. 나관중이 제갈량의 지략이 탁월함을 드러낸다는 것이 오히려 그를 아무런 노력도 들이지 않은 채 남의 공을 가로채는 존재로 만드는 결과를 낳았다.

한편, 주유가 남군을 공략하는 데 전력을 기울이는 틈을 타서 유비와 제갈량은 형주 남부의 무릉, 장사, 영릉, 계양 4개의 군을 점령했다.『삼국연의』에도 등장하지만, 장사군을 점령하면서 노장 황충이 유비에게 투항하기도 한다. 이리하여 조조에게 쫓기는 신세였던 유비는 적벽 대전을 거치며 마침내 광대한 영역을 차지하게 된 것이다.

이런 점에서 적벽 대전을 통해 가장 큰 이득을 본 것은 유비가 분명하다. 이에 이미 언급했듯이 주유는 손권의 누이동생과의 결혼을 미끼로 유비를 제거하려는 계략을 세운다. 유비는 손권의 누이와의 결혼이 자신을 유인해 죽이려는 계책임을 알았으나, 제갈량의 지혜를 믿고 조자룡과 함께 동오로 갔다. 마침내 유비는 손권과 역사적인 만남을 이루고 그의 누이동생과 혼인까지 한다(『삼국연의』 제54회).

그런데, 『삼국지』에서 형주를 기반으로 세력을 확대해 나가는 유비에게 위기감을 느낀 손권이 누이동생과의 결혼을 통해 유비를 회유하려 했다고 하듯이 이 결혼은 말 그대로 정략결혼이었다. 훗날 유비가 익주로 진출하자 손권은 누이가 서쪽으로 가는 것을 탐탁지 않게 여겨 그녀를 불러들인다. 그때 유비의 적자인 아두阿斗(후의 유선)를 같이 데리고 나오려고 했지만, 장비의 저지로 실패한다(『삼국연의』 제61회). 이후 손권의 누이동생은 역사서는 물론 소설에서도 전혀 등장하지 않는다.

유비가 획득한 형주 서남부는 광대한 영역이었지만, 당시는 아직 이민족이 거주하는 미개척지였다. 때문에 이곳에만 머물다가는 지방 군벌에 그치고 말 것이라는 사실을 잘 알고 있던 유비는 '천하삼분지계'를 위해서 익주로 진출할 필요가 있었다. 따라서 유비는 교두보로서 남군이 절대적으로 필요했다. 이 점은 남군을 지배하고 있던 주유도 잘 알고 있었다. 따라서 주유 역시 남군을 통해 익주로 진출하고자 한 것이다.

이에 주유는 유비가 손권을 만나기 위해 경효(京孝, 현 장쑤성 전장시)에 왔을 때 상소를 올려 궁전을 성대하게 지어 아름다운 여자와 진귀한 것을 유비에게 주어서 억류할 것을 요청했다. 그러나 손권은 조조를 견제하기 위해서는 유비가 필요하다고 판단했기 때문에 주유의 건의를 받아들이지 않는다. 그러자 주유는 직접 경으로 가서 익주를 공략할 것을 제안하여 손권의 동의를 얻는 데까지는 성공한다. 그러나 강릉으로 돌아와 행장을 꾸려 파구巴丘(현 후난성 웨양시)를 지나다가 이전에 입은 상처가 악화되어 사망한다. 향년 36세였다(『삼국지·오서』「주유전」).

『삼국연의』와는 달리 『삼국지』에서는 주유는 성격이 너그러워서 인심을 널리 얻고 있었다고 기록하고 있다. 어릴 때부터 음악에 정통하여 술을 마신 뒤에도 연주곡에 틀린 부분이 있으면 알아낼 만큼 음악에도 조예가 깊었다고 한다. 그래서 "곡에 잘못된 점이 있으면 주랑(주유)이 돌아본다"라는 말이 나왔을 정도였다. 주유는 상처가 깊어지자 상소를 올려 자신의 후계자로 노숙을 천거하며 말했다.

> "노숙은 지혜와 지략이 있어 이 일을 맡기에 충분하니, 저를 대행하도록 해 주십시오. 제가 죽는 날까지 마음에 걸렸던 것은 이 일이 전부입니다."
>
> —『삼국지·오서』「주유전」

노숙은 일찍이 조조에게 대항하기 위해 유비와 동맹을 추진한 인물이기 때문에 그가 전면에 등장하게 된 것은 유비로서는 천만다행인 일이었다.

한편, 적벽에서 돌아온 조조는 건안 15년(210) 전국에 영을 내려 신분 고하와 관계없이 재능 있는 사람을 등용하며 내정에 힘썼다. 그해 겨울에는 업도에서 대토목사업을 일으켜 동작대를 건설했다. 동작대는 33m 높이의 대臺 위에 누각과 전각이 100여 칸이나 되는 거대한 건축물이었다. 누각 정상에는 3m가

넘는 동으로 만든 참새가 장식되어 있어 장관을 이루었는데, 동작대라는 이름은 여기에서 유래하였다.

앞에서 언급한 바와 같이 동작대는 『삼국연의』에서 제갈량이 주유의 분노를 유발하여 조조에게 대항하도록 유도하기 위한 계략으로 사용되어 유명하다. 여하튼 동작대는 당시 최고의 권력을 자랑하는 조조가 건설한 호화찬란한 궁전이었다. 조조는 동작대를 세운 후 업도를 정식 수도로 삼았다.

한편, 익주와 장안 일대를 연결하는 교통의 요충지에 해당하는 한중은 오두미교五斗米敎를 통해 세력을 확장한 장릉張陵의 손자 장로張魯가 지배하고 있었다. 오두미교는 후한 말기에 나타난 도교의 일파인데, 병을 치료해 주는 대가로 쌀 다섯 되를 받았다고 하는 데에서 유래한 이름이다. 오두미도五斗米道라고도 하며 줄여서 미무米巫, 미적米賊, 미도米道라고도 불렀다. 창시자인 장릉을 천사天師로 숭배해 천사교天師敎·천사도天師道라고도 했다.

건안 16년(211) 3월 조조는 사례교위 종요와 장군 하후연夏侯淵에게 한중의 장로를 토벌할 것을 명했다. 장안과 한중 사이는 험한 산맥으로 가로막혀 있어 대군이 지나가는 데에는 상당한 곤란을 수반했다. 따라서 서진해서 양주로 들어간 후 그곳에서 완만한 산길을 따라 남하해 가야 했다.

그런데 그러기 위해서는 마초·한수 등 대소 군벌들이 웅크리고 있는 관중을 통과해야만 했다. 본래 장로는 종교적 집단을 기반으로 해서 세력을 확장했기 때문에 조조의 위협이 될 만한 인물은 아니었다. 따라서 장로를 정벌한다는 것은, 어디까지나 명목상에 지나지 않았으며 실제로는 관중의 마초 등 여러 군벌을 일거에 토벌하기 위해 군사를 일으켰던 것이다.

한중 정벌 소식을 접한 관중의 여러 군벌도 조조가 자신들을 치려는 것은 아닌지 의심해서 동요했다. 그리고 마초와 한수를 비롯해 양추楊秋·이감李堪·성의成宜 등의 군벌들이 연합해 10만 대군을 형성해 낙양 서쪽 관중의 입구에 해당하는 동관潼關에 진을 쳤다. 조조는 광활하고 외진 곳에 흩어진 적들이 한곳에 모여 있다는 것과 명령체계도 제대로 갖추지 못한 것을 보고는 일망타진할 기회로 보고 기쁨의 미소를 지었다고 한다(『삼국지·위서』「무제기」).

장로 정벌을 명목 삼아 관중의 대소 군벌을 일거에 토벌하려고 한 조조의 의중대로 일이 진행되었던 것이다. 『삼국지』기록에 의하면 "마초와 한수 등이 반란을 일으키자 조조는 조인을 파견해 이들을 토벌하라고 명령했다"라고 한다(『삼국지·위서』 「무제기」). 그러나 마초가 반란을 일으켜 이를 토벌하기 위해 군사를 일으켰다고 하는 것은 사실로 보기 어렵다.

당시 마초의 아버지 마등 및 그 일족은 수도인 허도에 인질로 잡혀 있었다. 때문에 마초가 반란을 일으키면 아버지를 비롯한 일족 모두는 죽음을 면치 못하게 된다. 따라서 마초가 먼저 반란을 일으킬 이유는 없었다. 조조의 대군이 쳐들어오자 어쩔 수 없이 군사를 일으켜 대항할 수밖에 없었던 것이다. 마초의 우려대로 건안 17년(212) 5월, 이 전투에 연좌되어 마등을 비롯한 일족은 모두 조조에게 주살되었다. 이로 인해 마초가 조조와 철천지원수가 되었음은 물론이다.

『삼국연의』에서는 이 전투의 전후 맥락을 가공해서 흥미진진한 이야기를 만들어 냈다. 마초의 아버지 마등은 조조의 부름을 받고 수도인 허도로 갔다. 그곳에서 마등은 『삼국연의』에만 등장하는 가공의 인물인 황규와 만나 조조의 암살을 도모하지만, 이 계획은 어이없이 사전에 발각된다. 황규의 처남 묘택妙宅이 황규의 애첩 춘향과 깊은 사이였는데, 어느 날 춘향을 통해 암살 계획을 전해 들은 묘택은 잘만 하면 춘향과 함께 살 수 있을 것이라고 생각해 이 사실을 조조에게 밀고한 것이다.

이렇게 어이없이 암살 계획이 사전에 발각되면서 마등과 황규를 비롯한 일족 모두는 조조에게 주살을 당한다. 이에 마등의 아들 마초가 아버지의 원수를 갚기 위해 군사를 일으키는 것으로 묘사하고 있다(『삼국연의』 제57회). 여기에서도 『삼국지』에서 묘사한 것과 같이 아버지 마등의 죽음을 애도하는 전투로 설정하고 있지만, 앞에서 언급했듯이 마등은 마초가 군사를 일으킨 것에 연루되어 후에 죽임을 당했기 때문에 사실관계가 전도되어 있다.

『삼국연의』에서는 동관 전투에서 마초의 서량군이 조조군을 압도하는 바람에 조조는 쫓기는 신세가 된다. 도망치는 조조에게 서량군이 "붉은 전포 입은 놈이 조조다!"라고 외치자 조조는 붉은 전포를 벗어 던지고, "수염 긴 놈이 조조다"라고 하자 놀라, 긴 수염을 잘라 버린다. 이번에는 "수염 짧은 놈이 조조다"라고 하자 조조는 천을 잘라 얼굴을 가리고 달아난다(『삼국연의』 제58회). 마치 적벽 대전에서 패한 후 정신없이 달아나는 조조의 황망한 모습을 연상하게 한다.

이런 묘사는 조조를 희화화하여 훗날 촉나라의 대장이 되는 마초를 영웅시하려는 의도에서 가공된 것으로 볼 수 있다. 다만, 『삼국지』에서도 조조군의 명장이라고 할 수 있는 조인과 하후연이 여러 달이 지나도록 마초를 공격했지만 격파하지 못하자 급기야 조조가 몸소 대군을 거느리고 이 전투에 직접 참여한다. 이러한 사실로 보아 마초의 서량군이 무시할 수 없는 전투력을 보유하고 있었던 것만은 사실인 것 같다. 마초군이 주둔한 동관이 마초의 고향인 무릉茂陵 근처였기 때문에 주변의 지리에 익숙하다는 이점을 잘 활용했던 것 역시 전투에 유리하게 작용했을 것이다.

조조는 마초와 한수 연합군을 격파하기 위해 양측을 이간질하는 계략을 세운다. 조조는 한수의 아버지와 같은 해에 효렴(한나라 때 향리에서 부모를 잘 섬기고 청렴한 사람을 천거해서 인재로 등용한 관리선발제도)으로 천거되었으며, 또한 한수와는 동년배였다. 조조는 한수와 만나기를 청해서 나란히 말을 타면서 여러 시간 이야기를 나누었다. 두 사람은 군사 일에 대해서는 일체 언급하지 않고 옛 친구들에 관한 이야기만 나누었다. 둘은 박장대소를 할 정도로 즐거운 시간을 보냈다. 한수가 돌아오자 마초는 "오늘 조조가 무슨 말을 하더이까?" 하고 물었다. 한수가 "그저 경사에서 지내던 옛일을 이야기했을 뿐이오"라고 대답했다. 마초가 다시 "어찌 군사 일에 관해서는 말씀하지 않았습니까?"라고 물으니 한수가 "조조가 아무 말 않는데 내가 어찌 혼자서 말을 꺼내겠소!"라고 사실대로 말했다. 그러나 마초는 한수가 감추는 것이 있지 않은가 의심했다. 며칠이 지나 조조는 한수에게 편지를 보냈는데 일부러 중간중간에 글자를 지워 한수가 내용을 감추기 위해 그런 것처럼 꾸몄다. 이리하여 마초는 더욱 한수를 의심하게 되었는데, 양측 사이에 불화가 생긴 틈을 타서 조조는 일거에 공격을 가해 마초와 한수 연합군을 격파해서 중원과 지방에 그 위세를 널리 떨쳤다(『삼국연의』 제59회).

이 이야기는 『삼국지·위서』「무제기」에도 그대로 묘사되어 있는데, 조조의 이간계가 빛나는 장면이다. 이후 마초가 양주 방면으로 달아나자 조조는 추격을 포기하고 하후연을 장안에 남겨서 방비를 강화시킨 후 수도인 허도로 돌아갔다.

제8장
유비의 익주 평정

일찍이 익주의 유장劉璋(?~220년)은 조조가 형주를 정벌했을 때 조조에게 경의를 표하기 위해 세 차례나 사자를 보낸 적이 있었다. 먼저 보낸 두 차례의 사자는 조조의 환대를 받았으나 세 번째 보낸 사자 장송張松(?~212년)은 조조의 냉대를 받았다. 장송의 추한 용모도 한몫했다고 하지만, 마침 마초를 깨트리고 온 뒤라 자만해서인지 조조는 아첨하지 않는 장송을 냉대했다. 심사가 뒤틀린 장송은 자리를 옮겨 박학다식하다고 소문난 양수楊脩와 대담을 나눈다.

장송이 비꼬는 말투로 조조는 공자와 맹자의 도를 이해하지 못하고 병법도 통달하지 못한 채 오로지 권모술수로 높은 자리를 차지했다고 하자 양수는 조조가 저술한 병법서인 『맹덕신서孟德新書』를 보여 준다. 이를 한 번 훑어본 장송은 그 책은 전국시대 어느 선비의 글을 베낀 것으로 익주에서는 아이들까지 꿰고 있는 내용이라고 코웃음 친다.

이에 양수가 조조에게 장송이 『맹덕신서』를 한 번 보고 외울 정도로 뛰어난 재능의 소유자라고 추천하자 옛사람의 생각이 우연히 나와 일치한 것 같다며 『맹덕신서』를 불태우라고 하고 장송을 데려오게 한다. 장송에게 자신의 성대한 진용을 구경시켜 기세를 꺾어 놓을 생각이었지만, 오히려 장송은 복양 전투, 완성 전투, 적벽 전투와 화용도, 동관 전투에서 조조가 겪은 수모를 나열하며 희롱한다. 이에 장송은 화가 난 조조에게 죽을 뻔했지만, 양수와 순욱이 말린 덕분에 몽둥이찜질을 당하고 쫓겨난다(『삼국연의』 제60회).

『맹덕신서』는 조조가 손자의 병법서를 알기 쉽게 정리한 것으로 장송이 비웃을 정도의 병법서는 아니었다. 이 일화는 실제로 장송을 냉대함으로써 익주로 진출할 수 있는 절호의 기회를 놓친 조조를 희화화하기 위해 나관중이 창작한 것이다. 여하튼 조조의 실수로 인해 유비는 익주로 진출할 수 있는 천금의 기회를 얻게 되었다.

조조의 냉대로 빈손으로 귀환하게 된 장송은 비웃음을 살 것을 우려해 내친김에 형주의 유비를 방문하는데, 유비에게 극진한 대접을 받는다. 사흘간 주연을 베풀고 작별할 때에는 눈물까지 흘리는 유비에게 감복한 장송은 익주를 취해 기반을 삼으라고 조언한 후 익주의 군사 배치나 지리에 관해 상세히 설명하고 지도까지 그려서 헌상한다.

익주로 돌아온 장송은 먼저 법정法正(176년~220년)과 맹달을 만나 유장은 익주를 다스릴 만한 인물이 못되니 유비를 익주의 새 주인으로 모실 것을 도모한다. 마침내 유장을 만나 조조 및 장로를 방어하기 위해서는 법정과 맹달을 사자로 보내 유비를 익주로 불러들일 것을 헌책한다. 황권黃權과 이회李恢 등 문관들이 극구 반대하지만, 유장은 유비가 종친임을 내세워 그가 자신의 가업을 위협할 리가 없다고 물리친다(『삼국연의』 제60회). 이리하여 유비는 고대하던 익주로 진출할 계기를 얻게 되었다.

이 일화는 『삼국지·촉서』, 「선주전」에도 대체로 유사하게 묘사하고 있다. 조조가 한중을 정벌하면 턱밑에 있는 익주도 안심할 수 없었기 때문에 이 소식을 들은 유장은 두려워졌다. 이

때 일찍부터 유비에게 호감을 지니고 있던 별가종사別駕從事 장송이 유장에게 진언했다.

"조조의 병력은 강성해서 천하에 대적할 만한 자가 없습니다. 만일 그가 장로의 물자를 취해서 촉 땅을 취한다면 누가 그에게 대항할 수 있겠습니까?"
유장이 말했다.
"나도 본시 그 일을 걱정하고 있지만 방법이 없소."
이에 장송이 말했다.
"유 예주(유비)는 당신의 종실이며 조조와는 철천지원수입니다. 그는 용병술에도 뛰어나니 그를 시켜 장로를 토벌하게 한다면 반드시 격파할 수 있을 것입니다."　　　　　　－『삼국지·촉서』「선주전」

조조가 장로를 치기 전에 이쪽에서 먼저 유비를 끌어들여 장로를 치자는 것이다. 이는 익주로 유비를 끌어들이려는 장송의 계략이었다. 유장의 대신인 황권과 왕루 등은 유비를 끌어들이는 것은 계란을 쌓는 것같이 위험한 일이라고 결사반대했으나, 유장은 이들을 모두 물리치고 법정을 보내 유비를 익주로 불러들인다(『삼국지·촉서』 「유장전」).

이리하여 유장의 초청을 받은 유비는 제갈량과 관우, 조자룡을 남겨 형주를 지키게 하고 장수 황충, 책사 방통과 함께 수만 명의 군사를 거느리고 익주로 들어갔다. 부현涪縣에서 유장을 만난 자리에서 장송과 법정 그리고 방통은 유장을 습격할 것을 진언했지만, 유비는 은혜와 신의를 내세우며 받아들이지 않았다(『삼국연의』 제62회).

실리보다 은혜와 신의를 중시하는 것은 때로는 답답해 보일 수도 있지만, 아마도 특별한 기반이 없던 유비에게는 최대의 무기가 아니었을까 생각한다. 유장은 유비에게 군사, 전차 및 무기 등을 빌려주었다. 유비군은 총 3만여 명의 군세를 갖추고 장로를 토벌하기 위해 가맹관葭萌關에 주둔했다. 그러나 본래 장로를 토벌할 생각이 없던 유비는 군사 행동에 나서기보다는 인심을 수습해서 익주 정복의 기반을 닦는 데만 노력한다.

이러한 유비에게 방통은 세 가지 계책을 진언한다. 첫째는 은밀히 정예 병사를 뽑아서 성도成都를 직접 급습해서 유장을 단숨에 제압하는 것이 상책, 형주에 위급한 일이 있다고 거짓 소문을 낸 후 유비를 달갑게 여기지 않는 양회楊懷와 고패高沛를 제압한 후 이들이 지키고 있는 부수관涪水關(현 쓰촨성 핑우현 동남쪽)을 차지한 후 성도로 들어가는 것이 중책, 백제성白帝城(현 충칭시 펑제현 동쪽)으로 돌아가 사태를 다시 강구하는 것이 하책이라고 했다(『삼국연의』 제62회).

고심하던 유비는 마침내 두 번째 계책을 받아들여 유장에게 형주에 위급한 일이 발생해 돌아가야 하니 군사 1만 명과 식량을 빌려 달라고 요청한다. 그러나 유비를 의심한 관리들의 진언에 따라 유장은 단지 4천 명의 군사와 약간의 군수물자만 지원했다. 이로 인해 유비와 유장의 불화는 표면화되어 갔다.

한편, 유비가 돌아간다는 소식을 들은 장송은 그 속내를 알지 못하고 유비에게 서신을 보내 익주로 돌아오게 했는데, 이 사실을 안 장송의 형 장숙張肅은 화가 자신에게 미칠까 두려워 유장에게 밀고한다. 유장은 내통 혐의로 장송과 일가족의 목을 베고 관소를 지키는 장수들에게 유비를 경계하라는 명령을 전했다(『삼국연의』 제62회).

이 소식을 들은 유비는 분노해서 유장의 명장인 양회와 고패를 죽이고 군사를 돌려 성도를 향해 진격했다. 이리하여 유비군의 우세한 상황 속에서 양측의 전쟁이 진행되었다. 특히 황충은 노장임에도 불구하고 선봉에 서서 적군을 무너트리는 용맹함을 자랑했다. 그러나 익주의 저항도 만만치 않았다. 유장 측의 장임張任과 유순劉循이 낙성雒城에서 철저하게 항전함에 따라 유비군은 이 낙성을 함락시키는 데 1년 이상 걸리는 고전을 면치 못했다. 특히 이 낙성 싸움에서 유비의 책사인 방통이 어디선가 날라 온 화살에 맞아 죽었다.

유비는 낙성으로 향하던 중 제갈량으로부터 천문의 징조가 좋지 않다는 연락을 받고 방통의 출진을 만류한다. 그러나 방통은 자신이 혼자 큰 공을 세울까 시기한 제갈량이 말을 지어낸 것이라며 간과 뇌가 널브러져 죽더라도 두렵지 않다고 말한다. 마침내 방통과 위연은 좁은 길로, 유비와 황충은 넓은 길로 진격하기로 하는데 방통의 말이 갑자기 멈춰서는 바람에 낙마한다. 이에 유비가 자신의 백마 적로를 주어 바꿔 타고 출진한 방통은 '낙봉파落鳳坡'라는 곳에 이른다.

방통은 낙봉파라는 이름을 보고 자신이 이곳에서 죽을 운명인가 하고 되뇌는데, 마침 매복해 있던 장임의 군사들이 백마를 탄 자가 유비라고 생각해서 화살을 비 오듯 쏟아붓는다. 이리하여 방통은 유비로 오인을 받아 어이없게 생을 마감하게 된다. 향년 36세이다(『삼국연의』 제63회). '낙봉파'란 봉황이 떨어진 언덕이란 의미이다. 방통의 별호가 봉황의 새끼를 의미하는 봉추라는 것에서 낙봉파는 마치 방통의 죽음을 예견한 장소인 것처럼 보인다.

실제로 쓰촨성 뤄장구羅江區 북쪽에는 방통의 무덤에서 500m 정도 떨어진 곳에 '낙봉파'라는 이름의 완만한 언덕이 존재한다. 그러나 이 '낙봉파'라는 이름은 본래부터 있었던 것이 아니라 방통이 죽은 후에 그를 애도하는 마음에서 불렀을 가능성이 높다. 『삼국연의』에서는 마치 이 이름이 미리부터 있었던 것처럼 서술하여 방통의 죽음을 보다 드라마틱하게 묘사한 것이다.

한편, 형주에서 칠석 명절을 맞이해 성대한 잔치를 베풀고 있던 제갈량은 서쪽에 있던 커다란 별자리가 떨어지는 것을 보고는 방통의 죽음을 예견하며 소스라치게 놀란다. 이에 제갈량은 관우만을 남겨 둔 채, 급히 장비와 조자룡과 함께 유비를 구하러 떠난다(『삼국연의』 제63회).

나관중은 제갈량이 천문을 꿰뚫어 운명을 내다볼 수 있는 신통한 능력을 지니고 있어 방통의 죽음도 이미 알고 있었다고 묘사하고 있지만, 사실 제갈량은 방통이 낙성을 공격하기 전에 장비, 조자룡과 함께 이미 익주에 들어와 성도를 향해 진격하는 중이었다. 때문에 시간적 차이로 보았을 때 이 예언은 소설의 극적 전개를 위해 나관중이 창작한 것이다.

성도를 향해 진격하는 데 커다란 활약상을 보인 인물은 바로 장비이다. 『삼국연의』에서 장비는 언제나 앞뒤 가리지 않고 돌진하는 불같은 성미의 장수로 그려지고 있지만, 파군 태수 엄안을 상대할 때에는 무력보다는 계략을 쓰는 모습으로 장비를 그린다. 엄안은 성을 굳건히 지킨 채 장비군이 아무리 도발을 해도 끔쩍하지 않는다. 이에 장비는 싸움을 포기한 채 샛길을 통해 돌아간다는 거짓 정보를 흘린 후 기습하러 나온 엄안을 사로잡는다.

장판교 전투 이래 장비의 지략이 돋보이는 장면이다. 엄안은 유장이 유비를 익주로 불러들일 때 "험한 산 중에 홀로 앉아 호랑이를 풀어놓고 자신을 지키도록 하는 격이구나!" 하고 탄식했던 인물이다. 장비에게 사로잡힌 그는 목이 베이는 한이 있어도 항복할 수 없다고 버틴다. 여기에 또 한 번 장비의 의기가 빛난다. 패장이면서도 기개가 전혀 죽지 않은 엄안에게 매력을 느낀 장비가 그를 살려 주고 예로써 대하니 엄안 역시 진심으로 항복한다. 이리하여 장비는 엄안의 도움을 받아 낙성까지 일사천리로 진격한다.

뒤늦게 낙성에 도착한 제갈량은 장비의 이야기를 듣고는 "장 장군도 이제 지략의 명수가 되셨습니다"(『삼국연의』 제64회)라고 칭찬한다. 이 장면에서 보이는 장비의 모습은 『삼국연의』가 지금까지 보여 준 장비의 모습과는 전혀 달리 지략가의 지혜와 신중함을 그리고 예의를 두루 갖춘 출중한 인물임을 잘 보여 주고 있다. 장비가 연燕 지역 귀족 출신으로 지식과 무예에 뛰어났던 인물이라는 사실을 감안한다면 엄안을 상대하던 모습이 실제로 장비의 본모습에 가깝지 않았을까 생각한다.

유비는 낙성을 공략한 후 제갈량, 장비 등과 합류해서 성도를 포위했다. 유비가 성도를 압박하자 유장은 한중의 장로에게 도움을 청한다. 장로에게는 조조에게 패해 쫓기던 마초가 몸을 의탁하고 있었는데, 장로는 마초에게 유장을 돕게 한다. 이에 성도로 가는 마지막 관문 면죽綿竹을 점령한 유비는 유장과 마초 사이에 끼여 위기를 맞는다.

그러자 제갈량은 장로의 책사 양송楊松을 매수해서 장로와 마초 사이를 갈라놓은 후 갈 곳 잃은 신세가 된 마초에게 이회를 보내 귀순을 설득한다. 이회는 유비가 마초의 부친과 함께 조조를 없애기로 한 동지이며, 마초가 유비와 싸우는 것을 가장 좋아할 사람은 바로 조조라고 마초를 자극해 귀순시킨다.

맹장으로 알려진 마초가 유비에게 귀순했다는 소식이 전해지자 유장은 병력과 식량이 충분함에도 불구하고 더 이상 싸울 의욕을 잃고 순순히 항복하게 된다(『삼국연의』 제65회). 이 장면은 적벽 대전 다음으로 독자로 하여금 긴장감과 함께 카타르시스를 안겨 주고 있다. 이 부분 역시 역사적 사실과 허구를 흥미롭게 결합하여 극적인 재미를 더해 주고 있다.

사실 『삼국지』에 의하면 장로에게 몸을 의탁하고 있던 마초는 장로가 큰일을 도모하기에는 역부족이라고 생각했을 뿐 아니라 양백楊白 등 장로의 장수들과도 사이가 좋지 않았다. 마침 유비가 성도의 유장을 포위했다는 소식을 들은 마초는 은밀히 유비에게 서신을 보내 투항을 요청한다(『삼국지·촉서』「마초전」). 이에 유비가 이회를 보내 마초를 설득하자 마침내 마초는 유비를 따르게 된 것이다(『삼국지·촉서』「이회전」).

유비에게 뇌물을 받고 장로와 마초 사이를 이간질한 양송은 가상의 인물이다. 맹장 마초가 유비에게 투항했다는 소식이 전해지자 유장은 완전히 전의를 상실했다. 당시 성안에는 3만의 정예 병사와 1년 정도를 버틸 수 있는 식량이 비축되어 있어 관리와 백성은 결사항전을 다짐했다. 하지만, 유장은 백성들을 싸우다 죽게 내버려 둘 수 없다고 하며 마침내 성문을 열고 유비에게 투항한다. 유장이 항복할 때에 눈물을 흘리지 않는 부하가 없었다고 한다(『삼국지·촉서』「유장전」).

『삼국지』의 저자 진수는 "유장은 영웅으로서 자질이 부족해서 토지와 관위를 빼앗긴 것은 불행이라고 할 수 없다"라고 혹평을 하고 있다. 하지만, 이는 익주를 탈취한 유비의 입장을 정당화하기 위한 평가가 아닌가 생각한다. 유장이 아직 전력이 충분함에도 불구하고 전쟁을 통해 무고한 백성들을 희생할 수 없다고 한 점은 그가 백성을 생각하는 유덕함을 지니고 있었던 것은 아닌가.

유장이 항복할 때 눈물을 흘리지 않는 대신이 없었다고 한 말은 바로 유장의 후덕함을 말해 주는 것이라고 생각한다. 여하튼 유비가 익주를 차지함에 따라 드디어 천하는 조조, 손권, 유비 세 영웅이 거머쥐는 진정한 삼국시대의 막이 열리게 된 것이다.

제9장
제2차 형주 분할

　『삼국연의』에서 주유의 후계자로 등장한 노숙은 손권과 유비 사이를 분주히 왕래하지만, 실속 없이 사람만 좋은 인물로 희화화되고 있다. 그러나 노숙은 주유가 자신의 후계자로 지목할 정도로 지혜와 지략이 뛰어난 인물이었다. 『삼국연의』에서는 주유가 부상을 당하면서 점령한 남군을 제갈량의 계략으로 유비가 손 하나 까닥하지 않고 가로채는 것으로 묘사하고 있지만, 역사 기록을 보면 그렇지 않다.

　노숙이 유비가 그토록 차지하고 싶어 하던 남군을 비롯해 형주의 지배권을 유비에게 빌려주는 대담한 정책을 취한 것이다. 노숙은 유비와 동맹을 체결해서 조조에 대항하는 것이 오나라의 장래에 유리하다고 확신하고 있었기 때문에 유비에게 우호적인 태도를 취했다. 유비에게 형주를 빌려주었다는 소식을 들은 조조는 너무 놀란 나머지 들고 있던 붓을 떨어트렸다고 하니 이 일의 중요성은 새삼 강조할 필요도 없을 것이다.

그러나 형주의 지배권을 유비에게 빌려준다는 일견 대담해 보이는 노숙의 정책은 실상을 들여다보면 그다지 손해 보는 정책은 아니었다. 우선, 남군을 공략할 때 유비의 도움을 받아 가까스로 성공했으며, 형주 남부는 본래 오나라의 소유가 아니라 유표의 소유였고 게다가 유비가 실질적으로 정복 활동을 통해 장악하고 있었기 때문이다.

따라서 이를 빌려주는 조건으로 동맹 관계를 체결한 것은 언젠가 되찾을 수 있는 명분도 챙기고 조조에 대항해서 안정을 취할 수도 있다는 점에서 일거양득의 원대한 계략이었다고 생각한다. 그러나 당시 손권이 이러한 노숙의 계략을 충분히 이해하고 있었던 것 같지는 않다. 뒤에 설명하듯이 형주를 둘러싼 공방은 노숙의 사후 유비와 손권의 동맹 관계를 깨트리는 불씨가 된다.

여하튼 노숙 덕택으로 형주 특히 남군을 차지하게 된 유비는 바야흐로 익주로 진출할 수 있는 발판을 마련하게 되었다. 그런데, 일찍이 손권도 익주로 진출할 계획을 세웠지만, 유비의 반대로 포기한 바 있는데, 건안 20년(215) 유비가 익주를 평정하자, 손권은 분노를 표하면서 즉시 제갈량의 형 제갈근을 파견해 약속대로 형주의 여러 군을 돌려 달라고 요구했다.

『삼국연의』에는 제갈근이 동생 제갈량을 만나 집안 식구들이 인질로 잡혀 있어 형주를 반환하지 않으면 모두 죽임을 당할 것이라고 울면서 호소한다. 이에 제갈량의 부탁을 받은 유비는 형주 남부의 장사, 영릉, 계양 세 군을 돌려줄 터이니 관우에게 가서 잘 이야기해 보라고 한다. 그런데 관우는 한나라 황실의 땅을 함부로 돌려줄 수 없다며 오히려 제갈근에게 호통을 친다. 이에 다시 찾아온 제갈근에게 유비는 말한다.

"동천東川과 한중의 여러 군을 손에 넣으면 형주를 돌려주겠소."

—『삼국연의』 제66회

제갈근은 유비가 형주의 세 군을 돌려주겠다고 했으나 관우가 고집을 부려 내주지 않는 바람에 어쩔 도리가 없었다고 손권에게 보고했다. 이에 손권은 유비의 의중을 떠보기 위해 세 군에 태수를 보내지만, 이들은 모두 형주를 지키고 있던 관우에게 쫓겨나는 신세가 되었다(『삼국연의』 제66회).

진수는 제갈근에 대해 지략 면에서는 동생 제갈량에 미치지 못했으나, 매우 덕망이 높은 인물이었다고 평가하고 있지만(『삼국지·오서』「제갈근전」), 『삼국연의』에서는 주유, 노숙과 마찬가지로 무게감 없이 우롱당하는 인물로 그려지고 있다.

한편, 자신이 임명한 세 군의 태수가 관우에게 쫓겨나자 분노한 손권은 여몽에게 군사 2만 명을 주어 장사, 계양, 영릉 세 군을 취하게 했다. 여몽군의 위세에 눌려 장사와 계양 두 군이 투항하자 사태의 위중함을 느낀 유비는 5만 명의 병력을 거느리고 성도에서 공안公安으로 내려가고 강릉을 지키고 있던 관우를 익양益陽(현 후난성 북부)으로 파견해 세 군을 구하게 했다(『삼국지·촉서』「선주전」).

유비의 움직임에 대응하기 위해 손권은 육구陸口에 머물면서 노숙에게 군사 1만 명을 거느리고 파구로 가서 주둔하며 관우군을 저지하게 한다. 그리고 영릉을 공략하고 있던 여몽에게 돌아와서 노숙을 도우라고 한다(『삼국지·오서』「오주전」). 익양에서 관우군과 대치하던 노숙은 관우에게 서로 만나자는 요청을 한다. 이 회합은 각각 병마를 백 보 밖으로 물러나 주둔시키고 호신용 검 한 자루만 차고 만났다고 해서 '단도부회單刀赴會'라고 불린다.

『삼국연의』에서 이 '단도부회'는 칼 한 자루만 들고 적진에 들어간 관우의 영웅다운 기개를 보여 주는 장면으로 '오관참장'과 함께 관우의 용맹함을 과시하는 대표적인 고사로 자리하고 있다. 자신이 파견한 세 군의 태수가 관우에게 쫓겨나자 분노한 손권에게 노숙은 잔치를 벌여 관우를 초대한 뒤 회유해 보고 말을 듣지 않으면 군사를 매복시켜 죽이고 형주를 빼앗아 버리자는 계략을 제안한다. 노숙의 계략을 모를 리 없지만, 관우는 군사도 거느리지 않은 채 연회에 참석했다. 노숙이 빌려준 형주 땅을 돌려 달라고 요청하자 관우는 술자리에서 국가 대사를 논할 수는 없다고 하면서도 다음과 같이 반박했다.

> "오림 싸움(적벽 대전)에서 좌장군(유비)께서 몸소 죽음을 무릅쓰고 적을 무찔렀는데 어찌 헛수고만 하고 한 치의 땅도 가지지 말아야 한단 말이오."
>
> ―『삼국연의』 제66회

이에 노숙이 서천을 얻으면 형주를 돌려주겠다는 약속을 지키라고 거듭 요청하자 말문이 막힌 관우를 대신해 곁에 있던 주창이 "천하의 모든 땅은 덕 있는 자가 차지할 뿐이오! 어찌 당신네 동오만 그 땅을 차지할 수 있겠소!"라고 큰소리로 반문한다.

이에 관우는 주창을 꾸짖는 척하면서 그가 들고 있던 청룡도를 빼앗아 들고 노숙을 위협한다. 그리고 잔칫날에 형주 이야기는 꺼내지 말라고 위협하며 미리 준비한 배를 타고 위험에서 벗어난다. 노숙은 혼백이 달아난 상태로 관우가 떠나는 모습을 멍하니 바라볼 뿐이었다(『삼국연의』 제66회).

이 단도부회 일화에 대해 『삼국지』에서는 전혀 다르게 기록하고 있다. 관우를 만난 노숙이 "익주를 얻었으면서도 형주는 커녕 단지 세 군만 돌려 달라고 요청하는 데에도 명을 따르지 않는다"(『삼국지·오서』「오주전」)라고 큰소리를 치자 관우는 아무 말도 하지 못했다고 한다. 본래 형주 남군을 공략할 때 유비 측도 힘을 보탰으며, 특히 형주 남부 세 군은 유비 측이 사력을 다해 점령했다는 점에서 이를 돌려 달라고 하는 것은 합당하지 않다. 따라서 『삼국연의』에서 관우가 노숙의 요청을 거절한 것은

『삼국지』보다 오히려 자연스러운 흐름으로 보인다. 다만, 역사 기록에는 남아 있지 않지만, 실제로 유비와의 동맹을 중시하는 노숙이 단지 관우를 꾸짖기 위해 일부러 만났을 리는 없을 것이다. 아마도 유비 측에게 동맹을 계속 유지하고 싶으면 형주의 일부를 넘기라는 타협안을 제시했을 가능성이 높지 않았을까 생각한다.

때마침 조조가 익주의 북쪽 한중을 공략함에 따라 익주를 잃게 될까 두려워진 유비는 손권에게 화의를 요청한다. 이에 손권은 다시 제갈근을 유비에게 파견해서 강화조건을 교섭하게 했다. 그 결과 형주 남부의 상수湘水를 경계로 해서 장사군과 계양군 동쪽 지역을 손권이 차지하고, 남군과 영릉군, 무릉군 서쪽 지역은 유비가 차지하는 것으로 협상한다. 이것이 바로 제2차 형주 분할이다. 이로써 유비와 손권의 불편한 동맹 관계는 당분간 지속되게 되었다.

제10장
조조와 유비의 한중 쟁탈전

관중을 정벌한 조조는 하후연을 장안에 남겨 수비를 강화한 후 수도인 업성으로 귀환했다. 조조의 권세와 위풍은 날로 더해 갔다. 헌제는 조조에게 세 가지 특전을 내렸다. 첫째, 조조가 황제를 알현할 때 환관이 조조의 이름을 외치지 않아도 되며, 둘째, 황제 앞에서 몸을 굽히지 않아도 되며, 셋째, 검을 차고 신발을 신은 채 내전에 설 수 있게 되었다. 이리하여 조조의 권위는 황제를 능가하게 되었으며 그에 대한 명성은 나라 안팎으로 울려 퍼졌다.

유비가 한창 익주를 공격하고 있던 건안 18년(213) 5월, 헌제는 장문의 조서를 내려 조조를 위공魏公에 책봉하고 구석九錫을 하사했다. 구석이란 큰 공을 세운 제후에게 하사하는 아홉 가지 예물로 황제가 타고 다니는 말과 수레를 비롯해 곤룡포와 면류관 등 황제의 권위를 상징하는 것들이다. 이로 인해 조조는 명실상부하게 천자에 버금가는 지위를 누리게 되었다(『삼국지·위서』「무제기」).

그런데 『삼국연의』에서 책사 순욱은 조조가 구석을 받는 것에 대해 반대의 입장을 표명했다.

> "아니 됩니다. 승상께서는 의로운 군사를 일으켜 어지러운 나라를 바로잡으셨으니 그 충정과 절개를 지켜 겸손하게 사양하시는 게 옳습니다."
>
> —『삼국연의』제61회

한나라 황실을 재건하겠다는 정치적 이상을 가졌던 순욱에게 조조가 천자와 동등한 지위를 누리는 것은 곧 한나라 황실을 찬탈하고자 하는 의사로 비추어졌던 것이다. 이로 인해 두 사람 사이에는 불화가 쌓여 갔다. 조조가 강동을 치기 위해 원정에 나섰을 때 순욱에게 따라나서라고 했으나 조조가 자신을 죽일 마음이 있음을 안 순욱은 병을 핑계로 수춘壽春(현 안후이성 서우현)에 남았다. 이에 조조는 그에게 찬합을 보내는데 안에는 아무것도 들어 있지 않았다. 조조에게 빈 그릇과 같은 존재가 되었다는 것을 알아차린 순욱은 스스로 독약을 마시고 생을 마감한다(『삼국연의』 제61회).

순욱의 죽음에 대해서 『삼국지』에서는 단순한 병사라고 언급하고 있으나 배송지의 주석에서는 조조가 음식을 보냈는데 열어 보니 빈 그릇이어서 독약을 마시고 자살했다고 설명하고 있다. 『삼국연의』는 이 배송지의 주석에 근거했을 것이다. 여하튼 순욱이 죽은 배경에 한나라 황실의 재건을 둘러싼 조조와의 불화가 있었던 것만은 사실이다.

구석을 받은 조조는 천자에 버금가는 지위를 누리게 되었다. 그러던 중 건안 19년(214) 헌제의 황후 복씨가 부친 복완伏完에게 은밀히 서신을 보내 "헌제는 동승이 처형된 일로 조조를 원망하고 있다"라고 했다. 동승은 헌제의 후궁인 동귀비의 부친으로 일찍이 조정에서 조조의 권세가 점차 확대되어 가는 것을 우려해서 유비와 함께 조조를 제거하는 계획을 세웠다가 사전에 발각되어 처형된 인물이다. 밀서를 받아든 복완은 다시 황제와 황후에게 답서를 올려 강동의 손권과 서천의 유비에게 군사를 일으키도록 은밀히 조서를 내려 조조가 싸우러 나갈 때 안팎에서 협공할 것을 도모한다.

복완의 답신을 받아든 목순穆順은 그것을 상투에 감추고서 황궁으로 들어가다가 밀고자에 의해 조조에게 발각되고 만다. 이로 인해 복황후를 비롯해 복완 및 일가족 수백 명이 살해당했으며, 복황후가 낳은 황자들도 모두 죽임을 당했다. 복황후의 죽음을 애통해하는 헌제에게 조조는 자신의 둘째 딸을 황후로 맞이하게 했다(『삼국연의』 제66회).

『삼국지』에서는 복완에게 보낸 서신의 언사가 매우 불미함이 드러나 황후 자리에서 쫓겨나 죽었으며 그 형제들도 모두 처형되었다고만 기록하고 있다(『삼국지·위서』 「무제기」). 목순은 『삼국연의』에만 등장하는 가상의 인물이다. 여하튼 건조한 역사 기록이 소설을 통해 드라마틱하게 각색되어 헌제의 복권 계획 실패에 대한 아쉬움을 진하게 드러내고 있다. 이 사건을 계기로 조조는 천자의 장인이 되어 위세가 더욱 하늘을 찌르게 되었음은 물론이다.

한편, 유비가 익주를 평정했다는 소식을 접한 조조는 건안 20년(215) 3월 대군을 거느리고 한중 정벌에 나섰다. 조조는 장합과 주령 등을 선봉장으로 삼아 4월에는 산관散關을 넘어 무도武都를 거쳐 한중을 공격해 갔다. 장로는 투항하고자 했으나 동생 장위張衛의 반대로 출전했다. 5월에는 이전에 마초와 연합해서 조조에 대항하다 패해서 달아났던 한수를 그의 부하들이 참수하고 목을 조조에게 보냈다.

7월에 장로는 한중의 최후 관문인 양평관陽平關에서 조조군을 막았지만, 얼마 지나지 않아 격파되었다. 장로는 다시 한번 투항을 결심하지만 부하들의 반대로 인해 결국 파중巴中으로 달아났다. 장로는 진귀한 물품을 쌓은 창고는 모두 국가의 소유라고 하며 불태우지 않고 창고를 굳게 닫아 놓은 채 달아났다.

한중의 중심인 남정南鄭에 입성한 조조는 그 사실을 알고 장로를 크게 칭찬했다. 조조는 장로가 본래 투항할 의지가 있었다는 사실을 알고 사자를 보내 설득에 나서 마침내 장로를 영접해서 진남장군을 삼아 예우했다(『삼국지·위서』「무제기」). 이때 일찍이 마초의 부하였던 방덕龐德도 같이 투항했는데, 조조는 방덕이 용맹하다는 사실을 익히 알고 있었기 때문에 그를 입의장군立義將軍에 책봉했다(『삼국지·위서』「방덕전」).

『삼국지』에는 방덕이 장로와 함께 파중까지 달아났다가 투항했다고 간략히 적고 있는 데 반해 『삼국연의』에서는 양평관 싸움에서 조조의 계략에 걸려 사로잡힌 방덕이 투항하는 것으로 묘사하고 있다. 병이 나서 마초와 함께 서천에 가지 못한 방덕은 양평관 싸움에서 조조군과 일진일퇴의 공방전을 벌이는데 좀처럼 승부가 나지 않는다. 방덕의 용맹함을 잘 아는 조조는 그를 자기편으로 만들고 싶어 사로잡을 계획을 세운다.

이에 장로의 측근이면서 뇌물을 좋아하는 양송을 매수해서 장로와 방덕 사이를 이간질한다. 양송은 소설에만 등장하는 가상의 인물로서 이전에 마초가 가맹관에서 장비와 싸울 때, 제갈량으로부터 뇌물을 받고 장로와 마초 사이를 이간질해서 마초를 곤경에 빠트렸던 인물이다. 뇌물에 눈이 먼 양송은 방덕이 조조와 내통해서 서로 짜고서 싸움을 끌고 있다고 모함한다. 양송의 이간질로 고립된 방덕은 홀로 고군분투하다 조조에게 사로잡혀 결국 투항하게 된다(『삼국연의』 제67회).

방덕은 훗날 관우와의 전투에서 끝까지 싸우다 전사한 인물로 조조는 실제로 그의 죽음을 매우 안타까워했다. 마초의 부하였던 방덕이 자신의 주군을 공격한 조조에게 죽음을 무릅쓰고 충성하는 모습은 인간적인 삶의 현실을 훨씬 더 잘 보여 주고 있는 것 같다. 덧붙이면 조조는 장로를 비롯한 한중의 군사를 위무했지만, 양송만은 주군을 팔아 부귀영화를 누리려 했다고 해서 참수에 처했다.

소설에서 조조는 자신의 안위를 위해 신의를 저버린 양송의 행위에 엄중한 처벌을 내렸지만, 이를 통해 나관중은 한 황실을 능멸하는 조조의 행위 역시 마찬가지가 아닌가라는 메시지를 은유적으로 표현한 것이 아닐까.

조조는 일사천리로 한중을 정벌하는 데 성공한 후 건안 21년(216) 2월 업성으로 돌아갔다. 그리고 5월 마침내 위왕魏王에 즉위했다. 당시 형주의 영유권을 둘러싸고 손권과 공방전을 벌이던 유비가 조조가 한중을 정벌했다는 소식을 듣자 급히 손권에게 동맹을 요청했다는 사실은 앞에서 언급한 대로이다. 유비는 조조에게 익주가 그대로 노출됨에 따라 힘들게 얻은 익주를 잃게 될까 두려워졌던 것이다.

유비는 장로가 파중으로 달아났다는 소식을 듣고 황권을 보내 그를 맞이하려고 했지만, 장로는 이미 조조에게 투항한 뒤였다(『삼국지·촉서』「선주전」). 조조는 하후연을 한중에 주둔시켜 방비를 든든하게 한 후 장합에게 명해 파군巴郡의 경계를 침범

해서 소란을 떨도록 했다. 이 싸움에서 장비가 크게 활약하는데, 장비는 정예 병사 만여 명을 이끌고 장합의 군대를 파서(巴西)에서 맞이해 치열한 전투 끝에 무찔렀다. 『삼국연의』에서는 이 싸움을 장비의 지모가 두드러진 싸움 중의 하나로 묘사하고 있다(『삼국연의』 제70회).

건안 23년(218) 유비는 드디어 한중 공략에 나섰다. 한중은 일찍이 한나라 고조 유방이 항우에게 한중왕으로 책봉되고 나서 이를 기점으로 천하통일을 달성한 유서 깊은 땅이다. 따라서 한나라 황실 재건이라는 사명을 내세우고 있는 유비에게 한중을 차지하는 일은 여러 가지 면에서 매우 중요한 의미를 지니고 있었다.

게다가 이 싸움은 힘들게 획득한 익주를 지키기 위한 것이기도 했다. 유비가 한중 공략을 위해 양평관에 주둔하자 조조는 한중 방어의 요충지인 양평관 인근 정군산으로 하후연을 보내 방어하게 했다. 정군산 뒤로 한수가 흐르고 있기 때문에 이른바 배수의 진을 쳤다고 할 수 있다. 그리고 한수만 건너면 한중까지는 평지이기 때문에 한중을 방어하는데 정군산은 대단히 중요한 곳이었다.

『삼국연의』는 이 정군산 전투를 적벽 대전에 버금가는 중요한 전투로 뽑은 듯 흥미진진하게 묘사하고 있다. 이 전투의 주역은 위나라의 명장 하후연과 촉나라의 노장 황충과 엄안이다. 하후연의 아들 하후상夏侯尙과 황충의 부장 진식陳式이 각각 상대방에게 생포되어 포로 교환을 하게 되었다. 하후상과 진식은 얇은 홑옷만 입은 채 말을 타고 서로의 진영을 향해 힘껏 달리는데 그 과정에서 황충이 쏜 화살이 하후상의 등을 관통한다. 영채를 굳게 지킨 채 싸움에 응하지 않는 하후연을 노하게 해서 싸우게 하기 위한 작전이었다.

　황충의 계략대로 분노한 하후연이 황충에게 달려들어 20여 합을 겨루지만, 결판이 나지 않아 무승부로 끝난다. 마침 하후연은 남정에 도착한 조조로부터 친서 한 통을 받았는데, 거기에는 이런 글이 쓰여 있었다.

　장수된 자는 강하고 부드러움을 적절히 겸비할 줄 알아야지 부질없이 용맹만 믿어서는 안 될 것이오. 만일 용맹함만 의지한다면 이는 일개 필부의 적수에 불과할 뿐이오. 내 지금 대군을 남정에 주둔하고 경의 묘재를 보고자 하니 이 두 글자를 욕되게 하지 마시오.

— 『삼국연의』 제71회

이에 하후연은 신중을 기해 군영을 굳게 지키며 나오지 않았다. 황충은 책사 법정과 상의해서 위나라 군영이 내려다보이는 정군산 서쪽 산봉우리를 점령한다. 그러자 하후연은 자신의 허와 실이 훤하게 드러난 것 같아 마침내 촉군을 공격하러 나섰다. 그런데 황충의 군사는 위나라군의 도발에 전혀 반응을 보이지 않는다. 책사 법정이 산봉우리에서 흰색 깃발을 흔들면 움직이지 말고 붉은색 깃발을 흔들면 적을 몰아치라고 이미 계략을 세워 놓았던 것이다.

얼마 후, 위군이 피곤해져서 사기가 떨어진 것을 본 책사 법정이 산 위에서 붉은색 깃발을 휘두르자 촉군은 함성을 지르며 일제히 산을 내려가 공격을 가했다. 황충은 오로지 적장 하후연을 향해 달려갔다. 하후연은 미처 손쓸 틈도 없이 머리에서 어깨까지 두 쪽이 나고 말았다. 총대장이 죽임을 당하자 위나라군은 그대로 무너져 모두 뿔뿔이 달아나 버렸다(『삼국연의』 제71회).

그런데 이 싸움에 대해서 『삼국지』는 다음과 같이 기록하고 있다. 건안 23년(218), 유비가 양평관에 진지를 구축하자 하후연은 바로 인근의 정군산에 거점을 구축하고 오랫동안 대치했다. 이듬해 건안 24년(219) 1월 유비가 먼저 움직였다. 한밤중에 하후연의 진영을 습격하고 불을 지른 것이다. 촉군이 종과 북을 치면서 공격해 오자 하후연은 군사를 둘로 나누어 장합에게 동쪽 경계선을 지키게 하고 자신은 가볍게 무장한 병사를 이끌고 남쪽 경계선을 방어했다.

유비의 주력군은 장합이 지키는 동쪽 경계를 공격했다. 장합은 분투했으나 군세가 불리해졌다. 하후연은 자신의 병사를 반으로 나누어 장합을 도왔으나 역부족이었다. 당시 전황상으로 볼 때 하후연은 퇴각하는 것이 마땅했으나 물러서지 않고 결사항전의 길을 택했다. 이리하여 당연히 남쪽 경계가 느슨해지자 이번에는 촉군이 남쪽으로 쇄도해 왔다(『삼국지·위서』「하후연전」). 하후연은 혼전 중에 전사했다. 『삼국지·촉서』「황충전」에서 "한 번 싸움으로 하후연의 목을 베니 하후연의 군대가 크게 패했다"라고 언급하고 있는 것을 보면 황충이 하후연의 목을 벤 것은 사실인 것 같다. 조조가 서신을 통해 우려했던 대로 하후연은 그 자신의 지나친 용맹함이 도리어 화를 불러왔던 것이다.

유비가 몸소 한중을 침공했다는 것과 하후연이 전사했다는 소식을 접한 조조는 직접 대군을 거느리고 유비를 공격했다. 초기에 승기를 잡은 유비는 요새에 병력을 집결시킨 채 방어에 중점을 둔 지구전을 전개했다. 조조는 유비의 방어가 견고하고 사상자가 속출했기 때문에 승산이 없다고 판단해 퇴각을 결심한다. 『삼국연의』는 당시 상황을 흥미롭게 묘사하고 있다. 조조가 퇴각을 고민할 때 닭곰탕을 먹고 있었는데, 장수인 하후돈이 들어와 군호軍號를 물으니 무심코 계륵이라고 내뱉었다. 하후돈이 진중으로 돌아와 "오늘 밤 군호는 계륵이다"라고 전하니 행군주부 양수가 그 말의 의미를 알고 철수를 준비하게 했다. 하후돈이 놀라 그 연유를 물으니 양수가 말하길 "닭 갈비는 버리기는 아까우나 먹을 것이 없는 것, 즉 위왕(조조)께서는 이 한중을 유비에게 내주기는 아깝지만, 이득이 없으니 철수하라는 뜻으로 암호를 계륵이라 정한 것이오"(『삼국연의』제72회)라고 했다. 이에 조조는 양수가 쓸데없는 소리로 군기를 문란하게 했다는 이유로 그 자리에서 참수에 처했다.

그런데, 조조가 한중을 계륵에 비유했던 것은 아니지만 훗날의 전개를 보면 양수의 견해는 시사하는 바가 많다. 조조가 한중에서 철병을 생각할 때 고민했던 문제는 유비가 한중 북쪽의 저족氐族을 병합해서 관중을 압박할까 염려했던 것이다. 조조가 가신 장기張旣에게 방책을 묻자 장기는 "저족을 북방으로 이주시키십시오"(『삼국지·위서』「장기전」)라고 대답했다. 조조는 장기의 계책에 따라 5만여 명에 달하는 저족 부락을 이주시켜 부풍扶風과 천수天水 경계에서 살도록 했다. 흥미로운 사실은 유비가 한중 땅을 공략하려고 할 때 점술에 밝은 주군周羣에게 이에 대해 묻자, "그 땅은 얻을 수 있지만 그곳 백성은 얻지 못합니다"(『삼국지·촉서』「주군전」)라고 대답했다고 한다.

주군이 예언한 대로 유비가 획득한 한중 땅은 장기의 계략으로 사람이 거의 살지 않는 텅 빈 땅에 불과하게 되었다. 인구수가 곧 국력을 의미하는 고대 사회에서 사람이 살지 않는 한중 땅은 유비에게 있어서 그다지 먹을 것이 없는 계륵에 불과한 것이 아니었을까. 따라서 조조가 계륵의 의미를 간파당해서 양수를 바로 참수했다고 하는 것은 어디까지나 조조의 치부를 드러내기 위해 나관중이 창작한 것이다. 조조는 훗날 양수를 실제로 참수하게 되지만, 그 배경에는 후계자 문제가 얽혀 있었던 것 같다. 양수는 조조의 막내(다섯째)아들인 조식을 보좌하고 있었는데, 조식에 대한 총애가 사라지자 후계자 분쟁을 미연에 방지하기 위해 양수에게 죄를 씌워 처형한 것이다.

여하튼 유비는 무인지경이라고 할지라도 한중 땅을 포함한 익주 전역을 안정적으로 확보함으로써 제갈량이 기획한 '천하 삼분지계'를 완성할 수 있게 되었다. 건안 24년(219) 가을 유비는 조조가 위왕에 즉위한 것에 견주어서 한중왕에 즉위하고 관우, 장비, 조자룡, 황충, 마초를 오호대장군으로 세웠다. 일개 평민에서 시작해서 한중왕에 즉위한 유비로서는 생애 최고의 날을 맞이하게 되었다(『삼국연의』 제73회).

제11장
번성 전투와 관우의 최후

　건안 24년(219) 한중왕에 즉위한 유비는 승리의 기세를 몰아 조조군에 대한 공격을 단행했다. 부장인 맹달孟達과 양아들인 유봉劉封에게는 북쪽의 상용上庸을 치게 해서 점령하게 했다(『삼국지·촉서』「유봉전」). 그리고 관우를 '전장군前將軍'에 임명해 전권을 하사하고 형주에서 번성을 공격하게 했다. 유비로서는 일거에 승부수를 띄운 것이다. 이 번성 전투는 무장으로서 관우의 지략이 돋보이면서도 또한 관우가 최후를 맞이하는 비운의 싸움으로서 『삼국연의』의 독자들을 안타깝게 하는 대목이기도 하다.

　당시 한수를 사이에 두고 남쪽에 있던 형양은 여상呂常이 지키고 있었고 맞은편의 번성은 조조의 사촌 동생인 조인이 지키고 있었다. 관우는 후방의 병참기지로 강릉에 있는 미방糜芳과 공안에 있는 부사인傅士仁에게 양식을 공급하게 하고 자신은 한수 상류로 이동해 강을 건너는 작전에 나섰다. 관우의 움직임을 파악한 조인은 급히 조조에게 원군을 요청했다.

『삼국연의』에서 조인은 우유부단한 인물로 관우의 계략에 걸려들어 매번 싸움에 패하는 인물로 묘사되고 있지만, 『삼국지』의 저자 진수는 그를 매우 뛰어난 인물로, 하늘이 내린 장수라고 평가하고 있다. 이전에 조인이 형주를 평정하러 갔을 때 조인의 부장 우금이 주유군 수만 명에게 포위되어 위태로웠다. 이때, 조인이 가신들의 반대를 무릅쓰고 수백 명을 이끌고 적진으로 돌진해 포위망을 뚫고 우금을 구출한 일화는 그의 용맹함을 잘 전해 주고 있다(『삼국지·위서』「조인전」).

조조는 우금을 대장으로 한 7군(1군은 대략 1만 2500명 정도)을 원군으로 파견하고 조인도 방덕을 성 밖으로 보내 관우와 싸우게 했다. 방덕은 줄곧 조인과 함께하고 있었지만, 『삼국연의』에서는 조조가 우금을 정남장군으로 삼고 방덕을 선봉으로 임명해 번성을 지원하는 것으로 설정하고 있다(『삼국연의』 제74회). 방덕은 번성으로 출전하면서 관을 준비해 관우를 죽이지 않으면 살아 돌아오지 않겠다는 결심을 한다. 방덕은 본래 마초의 부장이었다가 조조에게 투항한 인물인데, 실제로 관우와의 싸움에서 패한 후에도 우금과는 달리 절의를 굽히지 않은 채 죽음을 맞이한 인물이다. 나관중이 방덕의 등장을 극적으로 묘사한 것도 아마 그의 충의를 높게 산 것 때문일 것이다.

역전의 용사 우금이 대군을 거느리고 성으로 들어가 조인과 합류한다면 관우로서는 큰일이 아닐 수 없었다. 관우는 즉시 번성 공격을 중지하고 우금의 입성을 저지해야만 했다. 그런데, 누구도 예상치 못한 일이 벌어졌으니, 때마침 며칠 동안 내린 비로 인해 한수가 범람한 것이다. 당시의 상황에 대해『삼국지』에서는 다음과 같이 기록하고 있다.

가을에 비가 억수같이 내려 한수가 범람해 평지의 물이 몇 길이나 되어 우금 등 7군이 모두 물에 잠겼다. 우금은 여러 장수들과 높은 곳으로 올라가 물의 기세를 바라보았는데, 피할 곳이 없었다. 관우가 큰 배를 타고 우금 등을 공격하니 우금이 마침내 투항했다.

—『삼국지·위서』「우금전」

때마침 내린 폭우로 인해 우금은 제대로 힘 한번 써 보지도 못한 채 관우에게 투항했다. 앞에서 언급했듯이 방덕만은 조조에 대한 절의를 굽히지 않은 채 저항하다 관우에게 죽임을 당했다. 이 소식을 들은 조조는 다음과 같이 탄식했다.

"내가 우금을 안 지 30년이 되었는데, 어찌 위험에 처하고 어려움이 닥치자 오히려 방덕만도 못한 짓을 했단 말인가!"

—『삼국지·위서』「우금전」

역전의 용사 우금은 결국 관우에게 투항한 일로 인해 평생 쌓은 명예와 위엄을 잃어버렸다. 이로 인해 훗날 그는 오나라군에 구출되어 석방되지만, 조비의 조롱을 받고는 스스로 생을 마감했다.

승리의 기세를 몰아 관우는 조인이 지키는 번성을 포위했다. 번성도 홍수로 인해 성벽 상부까지 물이 차서 고립무원의 지경에 처해 있었다. 『삼국지』에서는 당시 상황을 다음과 같이 묘사하고 있다.

관우가 번성을 공격했을 때, 마침 한수가 범람해서 우금 등 칠군이 모두 물에 빠졌고, 우금은 관우에게 항복했다. 오직 조인이 이끄는 수천 명의 군사와 말만이 성을 지키고 있었다. 성이 물에 잠기지 않은 것은 몇 판板으로 성을 쌓은 덕분이었다. 관우는 배를 타고 성으로 와서 몇 겹으로 포위하고 안과 밖의 통로를 모두 끊어 놓았다. 식량은 바닥을 드러내고 구원병도 오지 않았다. 조인이 장수와 병사들을 격려하며 필사적 항전 태세를 보이자 장수와 병사들은 모두 감동해서 하나가 되었다.　　—『삼국지·위서』「조인전」

조인은 이전에 고립무원의 처지에 놓인 우금을 필사적으로 구출한 바 있지만, 이제는 스스로 고립무원의 처지에서 장수와 병사를 독려하며 관우의 공격을 버티고 있었다.

『삼국연의』에서 조인은 배를 타고 달아나려다가 만총의 만류를 듣고 성을 굳게 지키기로 결심한다. 조인이 번성을 공격하는 관우를 보고 궁노수 5백 명에게 일제히 화살을 날리게 하니 그중 한 발이 관우의 오른팔에 적중되었다. 이후 관우가 독화살에 맞아 쓰러졌다는 소식을 듣고 전설의 명의로 알려진 화타가 찾아온다. 화타는 화살촉의 독이 뼛속까지 스며들었기 때문에 뼈를 드러내 스며든 독을 제거해야 한다고 한다.

화타가 치료하는 동안 보는 사람들은 모두 낯빛이 변해서 쳐다보지 못했으나 관우는 태연히 술을 마시고 담소를 하며 바둑을 두었다. 화타는 치료를 마친 후 다음과 같이 칭송했다.

> "제가 한평생 의원 노릇을 했어도 이제껏 이런 분은 뵌 적이 없습니다. 군후(관우)께서는 참으로 천신天神이십니다."
>
> ─ 『삼국연의』 제75회

『삼국지』에 의하면 전설의 명의인 화타는 조조가 중병을 앓게 되어 불려 간다. 그런데 조조가 계속 붙잡아 두려고 하자 아내가 아프다는 핑계를 대고 돌아온다. 그로부터 조조의 부름을 거부하다가 감옥에 갇혀 죽는 것으로 나온다(『삼국지·위서』「화타전」).

실제로 화타는 관우를 만난 적도 없으며 당연히 치료한 적도 없다. 나관중이 화타의 말을 빌려 관우를 천신이라고 한 것은 어쩌면 관우가 죽어서 신이 될 것이라는 사실에 대해 미리 복선을 깔아 놓은 것이 아닐까!

조인이 필사적으로 버티는 가운데 조조는 서황徐晃을 파견해서 그들을 구원하게 했다. 그러나 관우의 공격에 호응이라도 하듯이 번성의 북쪽 남양군에서는 민중과 도적들의 반란이 일어났다. 남양군은 헌제가 있는 허도와 인접해 있었기 때문에 만일 남양군이 관우의 손에 넘어가면 허도도 안심할 수 없는 상황이었다. 따라서 한때 조조는 수도를 옮기고 헌제를 피난시키려고까지 생각했다. 『삼국연의』에서도 말하고 있듯이 관우의 명성이 말 그대로 천하에 널리 울려 퍼지게 되었던 것이다.

그런데, 유비와 관우가 방심하고 있던 것이 하나 있었다. 바로 오나라 손권이었다. 그동안 오나라와 동맹을 유지할 수 있었던 것은 노숙이 다리 역할을 해 주었기 때문이었는데, 노숙이 사망한 이후 양국 간에는 동맹을 연결해 주던 가느다란 끈이 사라져 버린 것이다. 그리고 이전에 손권은 자신의 아들과 관우의 딸을 결혼시키자는 제의를 한 바 있는데, 관우는 크게 노하여 손권의 사자를 꾸짖고 창피를 주어 돌려보낸 일이 있다. 『삼국연의』에서는 관우가 "호랑이의 딸을 어찌 개의 자식에게 보낼 수 있단 말인가?"(『삼국연의』 제73회)라며 거절하고 있다. 손권으로서는 일개 무장에게 커다란 수치를 당한 셈이었다.

노숙의 뒤를 이은 장수 여몽은 손권에게 관우와 싸울 것을 권한다. 이전에 여몽은 평소 자신을 무시하던 노숙에게 관우에 대한 대책을 언급한 바 있다. 여몽은 노숙에게 평소 옛날 오나라 마을에 있던 아몽阿蒙(여몽의 애칭)이 아니라는 말을 듣고 "선비란 모름지기 여러 날을 떨어져 있다가 만나면 눈을 비비고 다시 봐야 할 정도가 되어야 하지 않겠습니까?"(『삼국지·오서』「여몽전」)라고 대답한 것으로 유명하다. '괄목상대刮目相對'라는 성어는 여기서 연유한다. 여몽은 관우가 구원군의 대부분을 항복시켰음에도 불구하고 번성을 함락시키지 못하는 이유는 병력과 무기 그리고 군량이 부족하기 때문이라고 했다. 그리고 후방의 강릉에 많은 병력을 남겨 둔 것은 오군의 진출을 경계하고 있기 때문으로 보았다.

이에 여몽은 한 가지 계략을 낸다. 그는 자신은 평소 질병에 시달리니 병을 치료하기 위해 군사를 거두고 건업으로 돌아갔다고 하면 관우는 오나라에 대한 경계를 풀고 장강 일대의 군사를 모두 번성 공격을 위해 집중할 것이므로, 그 틈을 이용해 텅 빈 형주성을 공격하면 쉽게 관우를 제압할 수 있을 것이라고 했다.

『삼국연의』에서는 이 계략을 젊은 지략가 육손陸遜이 낸 것으로 설정하고 있다. 형주의 군마가 잘 정돈되어 있는 것을 본 여몽이 깜짝 놀라 병을 핑계로 두문불출하자 육손이 찾아와 다음과 같이 말한다.

"운장(관우)은 스스로 영웅으로 자부해서 적수가 없다고 여깁니다. 오직 장군(여몽) 한 사람만 우려할 뿐입니다. 장군께서 이 기회에 병을 핑계로 물러난다면 관 공은 틀림없이 교만해져 형주의 군사를 모조리 철수시켜 번성으로 향할 것입니다."

— 『삼국연의』 제75회

관우는 여몽이 병으로 물러나고 젊은 육손이 그 자리를 대신했다는 소식을 듣자 형주를 지키던 군사 대부분을 번성으로 철수시켰다. 여몽이 중병에 걸렸다는 거짓 소문을 내서 관우의 후방에 대한 경계를 느슨하게 만들었던 것이다. 그런 가운데 소설에는 나오지 않지만, 관우는 우금과 그의 부하들을 생포하면서 포로들을 먹이기 위한 군량이 부족해지자 손권의 영토인 상관湘關의 군량을 노략질하게 되었다. 이 사건은 손권에게 촉과의 동맹을 깰 수 있는 절호의 기회를 제공해 주었다. 마침내 손권은 조조에게 편지를 보내 관우를 토벌하는 데 자신이 힘을 보탤 것을 청한다.

조조는 한때 관우의 맹공으로 수도를 옮기고 헌제를 피신시키려고까지 했으나 사마의司馬懿와 장제張濟의 단호한 반대에 부딪혔다. 사마의는 관우가 뜻을 이루는 것을 손권이 원하지 않을 테니 그를 끌어들여 관우의 후방을 치게 하면 번성의 포위는 저절로 풀릴 것이라고 헌책한다(『삼국지·촉서』 「관우전」). 그러던 차에 손권이 관우를 공격하겠다는 편지를 보내오자 관우와 손권이 서로 갈등하는 것으로 보고 역참에게 손권의 편지를 조인에게 보내어 다시 그 편지를 화살로 쏘아 관우에게 보이도록 했다. 관우는 손권의 배신이 믿어지지 않아 어찌할 바를 모르고 주저했다(『삼국지·오서』 「오주전」).

이러한 관우의 주저가 결국 치명타가 되었다. 손권군의 대도독 여몽은 관우의 군대가 모두 철수한 형주성을 기습해서 함락시킨 후 군중에 다음과 같이 명령을 내렸다.

"단 한 명이라도 사람을 함부로 죽이거나 민간의 물건을 하나라도 멋대로 가지는 자가 있으면 군법에 의해 처벌하겠다."

— 『삼국연의』 제75회

여몽이 내린 이 조치는 실제로 관우 군대의 사기를 크게 떨어트리는데 주요했다. 마치 유방이 항우의 군세를 꺾기 위해 초나라의 노래를 불렀던 이른바 '사면초가'와 같은 역할을 했던 것이다. 형주가 함락되자 공안을 지키던 부사인과 남군을 지키던 미방이 여몽군에 투항했다. 미방은 유비의 부인인 미부인의 오빠이자 촉나라의 중신인 미축의 동생이다. 이들은 관우가 번성을 공격하는 동안 후방 병참기지에서 군수물자를 공급하는 중책을 맡고 있었는데 전력을 다하지 않았다는 이유로 관우로부터 "돌아가면 책임을 물어 죄를 다스리겠다"라는 질책을 받은 바 있다.

그런데 여기에는 풀리지 않는 의문이 있다. 본래 병참기지는 아무에게나 맡기지 않는다는 점에서 미방은 매우 중요한 위치에 있었다고 할 수 있다. 게다가 형 미축과 함께 개국공신인 그가 비록 관우의 질책을 받았다고는 하나 여몽군과 싸워 보지도 않고 쉽게 투항한 것이다. 관우에게 받은 질책이 그에게는 견디기 어려운 수모였던 것일까.

미방이 투항하는 과정에 대해 『삼국연의』에서는 먼저 오나라 군에 투항한 부사인의 설득을 받고 투항하는 것으로 설정하고 있지만(『삼국연의』 제76회), 『삼국지』에는 오나라군이 남군에 도달하자 미리 준비한 술과 고기를 지니고 성을 나와 항복했다고 기록하고 있다. 그렇다면 미방은 사전에 이미 오나라 군과 내통했을 가능성이 크다. 미방이 오나라에 투항했다는 소식에 형 미축은 부끄러움을 견디지 못하고 병이 나서 죽었다고 전해진다. 이유야 어쨌든 부사인과 미방의 투항으로 병참기지마저 상실한 채 관우는 전방의 위나라와 후방의 오나라에 협공을 당하는 형세가 되어 진퇴양난에 처하게 되었다.

여몽은 남군(강릉)을 차지한 후 그곳의 노약자들을 위로하고 생포되어 있던 우금 등 죄수들을 풀어 주었다. 관우와 장수들의 가족이 모두 사로잡혔음은 물론이다. 이리하여 순식간에 형주는 관우가 지배하던 곳에서 손권의 수중으로 넘어갔다. 남군이 함락되었다는 소식을 들은 관우는 결국 번성 포위를 풀고 남군으로 돌아오는 길에 여러 차례 여몽에게 사자를 보냈다. 관우로서는 여전히 손권의 배신이 믿어지지 않았던 것이다.

여몽은 관우의 사자가 올 때마다 후하게 대접하며 성안을 돌아보게 했다. 돌아온 사자로부터 가족들이 모두 무사하고 평소보다 더 나은 대우를 받고 있다는 소식을 들은 관우의 병사들은 안심한 채 전의를 상실했다(『삼국지·오서』「여몽전」).

관우는 번성의 포위를 풀 때 조조가 원군으로 보낸 서황군의 습격을 받았다. 당시의 기록에 의하면 관우군은 보병과 기병 5천 명에 불과했다. 많은 병사들이 이탈하는 가운데 이마저도 서황군의 공격을 받아 많은 군사를 잃게 되었다(『삼국지·위서』「서황전」). 진퇴양난에 빠진 관우는 얼마 남지 않은 병력을 데리고 강릉 북쪽 맥성麥城으로 달아났다. 여기에서 관우는 모든 것이 끝났다는 것을 알고 손권에게 거짓으로 투항하겠다고 하고는 저수沮水를 거쳐 익주로 달아나려고 했다. 그러나 손권군의 주연朱然과 반장潘璋에게 퇴로를 차단당했다.

관우의 최후에 대해서 『삼국지·촉서』「관우전」에서는 "손권은 장수를 보내 관우를 공격하고 관우와 그 아들 관평을 임저臨沮에서 참수했다"라고 언급하고 있다. 관우와 아들 관평이 처형되었음을 명확히 밝히고 있는 「관우전」과 달리 『삼국지·오서』「오주전」에서는 "건안 24년(219) 12월 반장의 사마 마충馬忠이 관우와 그 아들 관평을 사로잡았다"라고만 기록하고 있다. 「주연전」에도 "주연은 관우를 토벌하는 데 참가해 따로 반장과 같이 임저까지 가서 그를 사로잡았다"라고만 기록하고 있다.

「관우전」의 주석에서는 손권이 관우를 살려 주어 조조를 견제하고자 했으나 측근(『삼국연의』에서는 좌함으로 등장)들이 "범의 새끼는 기를 수 없습니다. 훗날 틀림없이 해를 끼칠 것입니다"(『삼국지·촉서』 「관우전」)라고 만류해서 결국 죽였다는 일화를 소개하고 있다. 이를 두고 배송지는 "임저에서 손권이 있는 강릉까지 2~3백 리나 되는데 어떻게 생사를 의논할 여유가 있었겠는가?"라며 의문을 제기한다. 관우가 사로잡힌 순간 죽었는지 아니면 후에 죽었는지 여부에 대해서는 의견이 분분하지만, 건안 24년(219) 12월 사망한 것은 맞는 듯하다. 당시 관우의 나이 58세이다.

『삼국지』의 저자 진수는 관우에 대해 "용맹한 신하로서 국사의 풍모를 지녔으나 굳세고 교만한 단점 때문에 실패했다"라고 평가하고 있다. 여하튼 장비와 함께 만 명을 상대할 수 있다고 한 당대 삼국지의 영웅 관우는 여몽의 작전에 말려들어 파란만장한 생을 마감하게 되었다. 그러나 나관중은 충의의 화신으로 묘사해 온 관우의 죽음을 그대로 받아들일 수 없었던 것 같다. 『삼국연의』에서 관우는 죽은 이후에도 혼령이 되어 자신을 죽인 인물들에게 차례차례 통쾌한 복수극을 전개해 나간다.

당시 손권은 관우를 죽인 후 꿈에 그리던 형주를 손에 넣게 되자 성대하게 잔치를 베풀었다. 특히 일등공신 여몽의 공로를 크게 치하하며 술잔을 하사했다. 그런데, 여몽이 술을 마시려다가 갑자기 술잔을 땅에 내던지더니 손권을 움켜쥐며 호통을 친다.

> "이 눈깔 푸르고 수염 붉은 쥐새끼 놈아(손권은 눈이 파래서 벽안으로 불렸으며, 붉은 수염을 하고 있었다)! 네가 나를 아느냐? 나는 황건적을 격파한 뒤 삼십여 년이나 천하를 휘젓고 다녔다. 그런데 네놈의 간교한 꾀에 빠졌으니 내 살아 네 고기를 갈아먹지는 못하지만 죽어 여몽 이놈의 혼을 쫓아다니리라. 나는 한수정후 관운장(운장은 관우의 자)이다." ─『삼국연의』제77회

그 후 여몽은 뒤로 자빠지더니 몸의 일곱 구멍에서 피를 쏟으며 죽었다. 손권은 관우의 혼령이 자신에게도 해를 가할까 두

려워 전전긍긍하는데, 중신 장소가 관우의 목을 조조에게 보낼 것을 진언한다. 관우의 죽음을 조조의 탓으로 돌려 관우의 혼령뿐만 아니라 촉과의 정면충돌을 피하려는 속셈이었다. 이리하여 관우의 목을 받아 본 조조 역시 밤마다 관우의 혼령에 시달리다가 결국 세상을 하직하고 만다(『삼국연의』 제78회).

앞에서 언급했듯이 여몽은 본래 지병으로 인해 관우가 죽은 후 곧 사망했으며, 조조 역시 건안 25년(220) 1월 손권이 관우의 목을 보내온 직후에 66세로 세상을 떠났다. 여몽과 조조의 죽음이 관우가 죽은 직후에 일어난 것은 우연의 일치에 불과한지는 모르겠다. 다만, 『삼국연의』에서는 이를 관우의 복수극으로 묘사해서 관우의 죽음으로 마음이 상해 있을 독자들에게 커다란 위안을 주고 있다. 이뿐 아니라 『삼국연의』에서는 관우의 죽음에 직간접적으로 관계된 인물에 대해서도 철저하게 복수를 펼치고 있다.

우선 반장은 관우의 추도전이라고 할 수 있는 '이릉夷陵 전투'에서 관우의 아들 관흥關興에게 쫓기는 신세가 된다. 날이 저물어 민가를 찾았는데, 공교롭게도 관흥과 마주쳐 다시 달아나다 관우의 혼령에 놀라 결국 관흥에게 죽임을 당한다. 게다가 관홍은 반장이 갖고 있던 관우의 유품 청룡언월도를 되찾는다.

또한 반장의 부장으로 관우를 직접 사로잡은 마충은 이전에 관우를 배신하고 손권에게 투항한 미방과 부사인에게 죽임을 당한다. 그리고 마충의 목을 가지고 다시 촉나라로 투항해 온 미방과 부사인을 분노한 유비가 관흥에게 넘겼는데, 관흥은 그 들의 목을 베어 아버지의 원혼을 달랬다(『삼국연의』 제83회). 또한 주연은 이릉 전투에서 유비군을 추격하다가 성도에서 유비를 구원하기 위해 달려온 조자룡에게 죽임을 당하는 것으로 결말 이 난다(『삼국연의』 제84회).

이러한 관우의 복수극은 물론 『삼국연의』의 창작이다. 『삼국 지』에 의거해 이들의 행적을 찾아보면, 우선 반장은 이릉 전투 에 육손과 함께 출전해서 큰 공을 세우고 그 공로로 평북장군 및 양양 태수로 임명된다. 그는 가화 3년(234)에 사망한다. 그리 고 여몽의 병세가 위중하자 손권이 여몽에게 누가 그대의 뒤를 이으면 좋겠는지 묻자 다음과 같이 대답한다.

"주연은 대담함과 지조에 남음이 있습니다. 제가 생각하기로 그 를 임용할 만합니다."

—『삼국지·오서』「주연전」

이에 손권은 주연을 여몽의 후계자로 임명하고 남군을 지키게 했다. 이후에도 주연은 많은 공훈을 세우고 건형 2년(249) 68세를 일기로 병사했다. 1984년 오나라의 군사기지가 있던 우저牛渚(현 안후이성 마안산시)에서 무덤이 하나 발굴되었는데, 이 무덤의 주인이 주연으로 밝혀져 세간의 화제가 된 바 있다. 주연의 무덤은 벽돌을 사용해 두 개의 묘실과 아치형 천장으로 이루어졌는데, 벽에는 화려한 궁정 생활을 보여 주는 벽화와 함께 많은 부장품이 발굴되어 그의 권세가 높았음을 보여 준다.

『삼국연의』는 관우의 혼령이 복수만 한 것으로 묘사하지는 않는다. 관우의 복수는 독자들에게 통쾌함을 주겠지만, 반대로 충의와 신의의 대명사이자 훌륭한 인품의 소유자인 그의 이미지와는 대치되는 측면이 있기 때문이다. 이에 『삼국연의』의 작가는 이전 오관참장 당시 관우를 도왔던 승려 보정普淨을 다시 등장시킨다.

관우가 참수된 후 그의 혼령이 같이 죽은 관평, 주창과 함께 옥천산玉泉山의 보정 앞에 나타나 억울하고 분통한 마음을 호소하자 보정의 설득으로 성불한다는 이야기(『삼국연의』 제77회)가 나온다. 승려 보정은 실존 인물은 아니지만, 관우를 성불하도록 이끌어서 현실 세계에서 신격화되는 데 중요한 역할을 했다고 할 수 있다. 이는 앞에서 이야기했던 명의 화타가 관우를 '천신'이라고 언급한 것과 맥락을 같이한다. 여하튼 관우는 이후 중국은 물론 우리나라에서도 신으로 모셔지고 있어 죽어서까지 세상에 이름을 알리고 기려지는 인물이 되었다.

한편, 『삼국연의』에서는 관우가 사망한 후 그가 타던 적토마가 마충의 손을 거쳐 손권에게 바쳐졌으나 몇 날 며칠을 아무것도 먹지 않다가 마침내 굶어 죽었다고 한다. 이 적토마는 일찍이 여포가 타던 명마로 조조가 관우에게 하사한 것인데, 관우와 함께 생을 마감함으로써 미물이지만 주인에 대한 충성을 다한 것으로 묘사되고 있다.

관우의 사후 손권은 형주 남부를 완전히 장악함으로써 위·촉·오 삼국의 영토가 거의 확정되었다. 나관중의 『삼국연의』는 이제 거의 종착역을 향해 달려가지만, 아이러니하게도 지금까지는 후한시대의 일이고 삼국시대의 역사는 이제부터 본격적으로 막을 올리게 된다.

제12장
조비 · 유비의 즉위와 삼국시대의 서막

　　조조는 번성 전투에서 관우의 압박을 받고 한때는 수도를 옮기려고까지 했으나 손권과의 동맹을 통해 간신히 위기를 벗어나게 되었다. 그러나 '치세의 능신, 난세의 간웅'이라고 불렸던 조조도 다가오는 죽음의 그림자만큼은 피할 수 없었다. 조조는 손권이 관우를 참수한 후 그의 머리를 보내온 그달에 66세를 일기로 사망했다. 조조는 임종 시 천하가 아직 안정되지 않았으므로 장례식을 간단하게 할 것, 관리나 병사는 자신의 근무지를 이탈하지 말 것, 그리고 자신의 무덤에는 금은보화를 넣지 말 것이라는 유언을 남겼다(『삼국지 · 위서』 「무제기」). 천하를 호령하던 조조치고는 매우 간단한 유언만을 남기고 떠난 것이다.

그런데 『삼국연의』에서 보이는 조조의 마지막 모습은 애처롭기 그지없다. 조조는 사망하기 전 낙양의 궁전을 새로 짓기 위해 신목神木을 벤 후 극심한 두통에 시달린다. 조조가 병을 치료하기 위해 용한 의원을 수소문하자 관우를 고친 명의 화타가 다시 등장한다. 조조의 증상을 살핀 화타는 병이 뇌 속에 깊이 들었으니 약물치료 대신 도끼로 머리를 쪼갠 후 병의 근원을 제거해야 한다고 아뢴다. 이 말을 들은 조조는 자신을 죽이려는 수작으로 여겨 대로한다. "네가 나를 죽일 작정이구나!" 화타는 관우가 독화살을 맞아 다쳤을 때 뼈를 긁어 독을 치료한 사실을 꺼내지만, 조조는 "머리를 쪼개는 치료법을 들어 본 적이 없다. 너는 관우와 정이 깊었기 때문에 이 기회에 원수를 갚으려는 것이구나!"(『삼국연의』 제78회)라고 했다. 결국 조조는 화타를 옥에 가둬 고문 끝에 죽였다. 화타는 후한 말 패국 초현 사람으로 『삼국지』에도 등장하는 전설적 명의이다(관우를 치료한 사실은 없다). 조조가 중병에 걸려 화타를 불렀으나 화타는 아내의 병을 핑계로 고향으로 돌아간다. 이에 조조는 화타의 아내가 정말 병에 걸렸으면 휴가를 더 늘려 주되 거짓이면 압송하도록 했다. 결국 압송되어 죄를 시인했는데, 순욱이 그의 의술을 아까워하여 살려 줄 것을 간청하지만 결국 고문해서 죽였다. 훗날 조조는 아들 조충曹冲이 병들어 죽게 되자 화타를 죽인 것을 후회했다(『삼국지·위서』「화타전」).

『삼국연의』에서는 순욱이 이미 사망한 뒤이기 때문에 가후가 조조에게 간청하는 것으로 설정하고 있다. 여하튼 나관중은 화타를 통해 관우와 조조의 인물 됨의 크기를 간접적으로 비교해서 드러낸 것이다. 또 죽음이 임박한 조조는 대신들에게 자식들의 안위를 부탁하고, 시첩들에게는 바느질을 배워 비단신을 만들어 팔아서 먹고살라는 유언을 한다. 남은 첩들에게는 동작대에서 매일 제사를 지내되 기녀를 시켜 풍악을 울리고 조석으로 음식을 바치도록 한다.

또한 72개의 무덤을 만들어 후세 사람이 진짜 무덤이 어느 것인지 모르게 하라는 등 세세하게 유언을 남긴 후 한숨을 길게 쉬며 비 오듯 눈물을 흘리다 숨이 끊어지고 말았다고 서술하고 있다(『삼국연의』 제78회). 『삼국연의』는 마지막까지 조조를 천하를 호령하는 영웅의 이미지보다는 자신의 죽음을 슬퍼하고 남겨진 자식 걱정에 눈물을 흘리는 졸장부와 같은 이미지로 조롱하고 있다.

조조의 사망 이후 유지를 받들어 무선황후 변씨 소생의 장남 조비가 뒤를 이었다. 조조는 본래 변씨 소생의 삼남 조식의 재능을 높이 사고 있었으나 재능만 믿고 제멋대로인 점을 우려했다. 그에 비해 재능은 떨어지나 항상 신중하고 노력하는 모습을 보여 온 조비에게 후계의 자리를 물려주었다. 조식의 후견인인 양수를 처형한 것도 후계자 분쟁을 미연에 방지하기 위한 것이었다.

이리하여 조조의 뒤를 이어 즉위한 조비는 220년 10월 선양禪讓의 형식으로 후한 마지막 황제 헌제에게 제위를 물려받아 위나라 황제에 즉위하고 연호를 황초黃初라고 했다. 이로 인해 한 고조 유방으로부터 400여 년간 내려오던 한나라는 막을 내리게 되었다.

본래 선양이란 고대 전설 속 성군인 요임금이 자신의 자식이 아니라 아들보다 덕이 훌륭한 순임금에게 왕위를 물려주고 순임금 또한 마찬가지로 치수를 잘한 우임금에게 왕위를 물려주었다는 이야기에서 유래한다. 물론 이 이야기는 훗날 전국시대에 만들어진 고사에 불과하지만, 이후 선양은 성군의 즉위라는 이미지로 중국 사회에 깊은 영향을 미치게 된다. 조비는 사실상 제위를 찬탈한 것이지만 역사상 선양의 형식을 빌려 황제에 즉위한 최초의 인물인 셈이다.

홍미로운 사실로 조비는 헌제의 두 딸을 부인으로 맞이했다. 이는 순임금이 요임금의 두 딸을 부인으로 맞이한 고사를 그대로 실행한 것으로 선양에 대한 조비의 자세를 엿볼 수 있다. 조비가 황제에 즉위함에 따라 조조는 무제武帝로 추존되었고, 선대 역시 황제의 신분으로 추존되었다. 조조의 할아버지 조등은 비록 추존이기는 하지만 고황제高皇帝가 되어 환관의 신분으로 황제의 지위에 오른 처음이자 마지막 인물이기도 하다.

조비가 한나라를 멸망시키고 위나라 황제에 즉위했다는 소식은 삽시간에 한중왕 유비에게로 전해졌다. 헌제가 살해되었다는 소식을 접한 유비는 즉시 국상을 발표하고 상복을 입고는 효민제孝愍帝라는 시호謚號를 올렸다. 헌제란 시호는 황위를 바친다는 의미로 위나라 측에서 추존한 시호였던 것이다. 그리고 유비는 본래 한나라 황실을 회복한다는 것을 명분으로 삼고 있었기 때문에 하루라도 천하에 군주가 없어서는 안 된다는 군신들의 추대를 받아 제위에 오르니 바로 촉한의 소열제昭烈帝이다.

『삼국연의』에서는 황제에 즉위할 것을 요청하는 군신들의 거듭되는 상소에 유비는 "과인이 비록 경제의 현손이라고는 하나 아직 백성들에게 아무런 덕도 펼치지 못했는데 이제 자립해서 제위에 오른다 하면 그것이 찬탈하는 것과 무엇이 다르겠는가!"(『삼국연의』 제80회) 하고는 전혀 미동도 하지 않는다. 이에 제갈량이 병을 핑계로 드러눕고는 병문안을 온 유비에게 제위에 오를 것을 간청한다. 제갈량이 자신의 문제 때문에 병이 난 것으로 안 유비는 그대의 병이 나으면 응하겠다고 마지못해 수락한다. 그 말이 떨어지기 무섭게 제갈량이 자리를 털고 일어나 좌우 병풍을 거두니 숨어 있던 문무백관이 모두 엎드려 절한다. 이에 유비는 자신이 부덕하다며 거듭 사양하다가 마지못해 제위에 오를 것을 수락하는 것으로 묘사하고 있다.

유비의 황제 즉위를 둘러싸고는 두 가지 감추어진 사실이 있다. 첫째는 헌제의 죽음에 관한 것이다. 『삼국연의』에서는 헌제가 선양을 한 후 조비가 보낸 암살자에게 시해당했다고 밝히고 있지만, 이는 사실이 아니다. 조비는 헌제를 산양공山陽公으로 격하시켰지만, 황제 시절의 복식을 그대로 허용하는 등 예우를 다했다. 헌제는 오히려 불안정한 황제의 지위에서 내려와 천수를 누리다 제갈량이 죽은 해(234)에 사망하게 된다. 유비는 헌제가 죽지 않았다는 사실을 알고 있었을지도 모른다. 오히려 헌제의 죽음을 정략적으로 이용하기 위해 즉시 상복을 차려입고 장례를 치른 것이 아닌가 하는 견해도 있다.

둘째로 『삼국연의』에서 유비는 군신들의 거듭되는 요청에도 자신의 부덕함을 내세워 움직이지 않다가 병을 핑계로 한 제갈량의 진언에 마지못해 응하는 것으로 묘사하고 있다. 『삼국지』에서도 유비는 군신들의 거듭되는 요청을 허락하지 않다가 제갈량의 설득에 응해 즉위하는 것으로 기록하고 있다(『삼국지·촉서』「제갈량전」).

그러나 유비의 즉위에 대해 군신 중에 반대하는 자도 적지 않았다는 사실은 잘 알려져 있지 않다. 대표적으로 유장 시기 익주의 면죽현 현령으로 있다가 유비에게 항복했던 비시費詩는 유비가 황제에 즉위하려고 할 때 천하의 역적(조조 부자)을 아직 토벌하지 못했는데 스스로 즉위하려는 것은 어리석은 짓이라고 해서 반대하는 상소를 올리기도 했다. 비시는 이로 인해 유비의 뜻을 거스르게 되어 좌천되었다(『삼국지·촉서』「비시전」).

한 황실의 후예로 쓰러져 가는 왕조를 재건하고 도탄에 빠진 백성을 구한다는 명분을 위해서라면 비시의 말처럼 먼저 '역적'

을 토벌하는 것이 우선이었을지 모른다. 그러나 유비는 그 길을 택하지 않았다. 오히려 헌제의 생사 여부를 확인하지 않고 서둘러 장례를 지내고 스스로 즉위했으니 본래부터 황제가 되고자 하는 야심을 지니고 있었던 것이 아니었을까.

제13장
이릉 전투와 장비·유비의 죽음

    건안 26년(221) 4월 황제에 즉위한 유비는 즉시 군대를 정비하고 동오와의 전쟁에 나섰다. 관우와는 생사고락을 같이하기로 맹세한 사이였기 때문에 관우에 대한 복수전은 지극히 당연한 것처럼 보인다. 그러나 군신들 중에는 반대의 목소리도 높았다. 대표적 인물이 바로 백전노장 조자룡이다.

"국적國賊은 바로 조조이지 손권이 아니옵니다. 이제 조비가 천하를 찬탈해서 천인이 공노하는 터이니 폐하는 관중을 도모하십시오. 또한 위나라를 멸망시키면 오나라는 자연히 복속해 올 것입니다. 조조는 비록 죽었지만, 그 아들 조비는 제위를 찬탈한 역적입니다."

— 『삼국지·촉서』「조자룡전」

조자룡은 관우, 장비에는 미치지 못하지만, 일찍이 당양 전투에서 유비가 처자식을 내버려 두고 달아났을 때 홀로 적진에 뛰어들어 유비의 처자식을 구출해 낸 공로도 있어 유비가 아끼는 장수였다. 그런데 유비는 조자룡의 직언을 무시했을 뿐만 아니라 그를 원정군에서 제외시켰다. 군신들은 제갈량이 진언하면 단념하지 않을까 생각했지만, 어찌된 일인지 제갈량은 한마디 언급도 없다. 다만, 원정에서 대패한 후에 다음과 같이 언급할 뿐이었다.

"만일 법효직(법정)이 살아 있었다면 주상(유비)이 동쪽으로 가지 못하도록 말렸을 것이고, 설령 동쪽으로 갔다 하더라도 반드시 위험한 데로 기울어지지는 않았을 텐데." — 『삼국지·촉서』「법정전」

법정은 익주 출신으로 유비가 익주로 진출하는 데 커다란 공을 세웠으며, 익주 사람들에게 절대적으로 신뢰를 받고 있던 인물이었다. 만약 그가 살아 있었더라면 익주 사람들이 만난 적도 없는 관우의 복수를 위해 ―실제로 관우는 줄곧 형주를 지키다 사망했기 때문에 익주에는 발을 디딘 적이 없었다― 출병하는 일에 대해 저항감을 가지고 있을 것이라고 진언했을 것이다. 그렇다면 유비 역시 온전히 무시할 수만은 없었을 것이라고 제갈량은 생각했던 것이다.

오나라의 손권도 유비와의 전면전을 피하기 위해 제갈근을 사자로 보내 화의를 요청했다. 하지만, 유비는 이마저도 무시하고 스스로 대군단을 거느리고 형주로 진격했다. 유비가 이처럼 군신들의 만류에도 불구하고 대규모로 군사를 거느리고 동오 원정에 나선 이유는 무엇일까? 단지 관우에 대한 복수만이 목적이었던 것일까?

『삼국지』에서는 "선주(유비)는 손권이 관우를 습격한 일에 대해 분노하여 동쪽으로 정벌에 나서고자 했다"(『삼국지·촉서』「선주전」)라고 언급한다. 또한 "선주가 제위에 오른 후 동방의 손권을 정벌해서 관우의 원수를 갚고자 했다"(『삼국지·촉서』「법정전」)라고만 기록하고 있다. 한편, 조비는 군신들에게 유비가 과연 관우를 위해 오나라에 대한 복수를 감행할지 묻는다. 이에 유엽劉曄은 다음과 같이 답했다.

"관우와 유비는 도의적으로는 군신 관계이지만 은혜는 부자 관계와 같습니다. 관우가 죽었는데 그를 위해 군사를 일으켜 보복하지 않는다면 두 사람 사이에 평생의 정분이 부족하다는 것입니다."

— 『삼국지·위서』 「유엽전」

이를 통해 당시의 사람들이나 『삼국지』 저자 진수는 이 전쟁을 관우의 복수전으로 인식하고 있었다는 사실을 알 수 있다.

『삼국연의』에서 조자룡은 유비에게 "한나라의 역적에게 원수를 갚는 것은 공적인 일이고 형제의 원수를 갚는 일은 사적인 일이니 천하를 중히 여기소서"라고 직언한다. 그러자 유비는 "짐이 아우(관우)의 원수를 갚지 못하면 비록 천하를 손에 넣은들 무엇이 귀하겠는가!"(『삼국연의』 제81회)라고 답한다. 『삼국연의』에서도 이 원정을 관우의 복수전으로 일관되게 이야기를 진행하고 있는 것이다. 그러나 이것은 어디까지나 표면적인 이유에 불과할지도 모른다. 번성 전투에서 관우를 물리친 후 손권은 형주 통치를 젊은 군사 천재인 육손에게 위임했다. 그를 통해 형주 일대를 착실하게 지배해 나갔다고 볼 수 있다.

그런데 유비의 입장에서 보면 형주는 중원으로 진출하기 위한 중요한 발판이 되는 요충지이다. 따라서 손권의 형주 지배가 안정되어 가는 것을 그대로 두고 볼 수는 없는 일이었다. 게다가 유비에게 형주는 유표에게 몸을 의탁하면서 오랫동안 머물렀던 곳으로 말하자면 제2의 고향과 같은 곳이다. 때문에 군신들의 반대에도 불구하고 동오에 대한 원정에 집착한 것이 아닐까?

따라서 동오 원정은 단지 관우에 대한 복수전만이 아니라 형주를 탈환해서 중원으로 진출하려는 유비의 강한 의지가 표출된 것이라고 볼 수 있다. 그리고 유비가 조자룡을 남겨 두고 출전한 것도 단지 그의 견해를 무시해서만이 아니라 오나라와의 전쟁 중에 혹시 있을지도 모를 위나라의 침략에 대한 대비책으로 그의 역할이 필요했기 때문이 아니었을까 하는 생각도 든다.

그런데, 장무章武 원년(221) 7월 유비가 대군을 이끌고 출전을 준비하는 과정에서 생각지도 못한 일이 발생했다. 합류하기로 했던 장비가 측근인 장달張達과 범강范疆에게 살해당한 것이다. 『삼국연의』는 장비의 죽음에 대해 다음과 같이 서술하고 있다.

장비는 관우가 동오의 군사들에게 해를 당했다는 소식을 듣고는 피눈물이 옷깃을 적실 정도로 통곡한다. 『삼국지』와는 달리 『삼국연의』에서는 제갈량이 군신들과 함께 동오 원정을 만류하자 주저하는 유비에게 장비는 말한다.

"폐하는 오늘날 임금이 되시더니 벌써 도원의 맹세를 잊으셨습니까? 둘째 형님의 원수를 어째서 갚지 않으십니까?"

— 『삼국연의』 제81회

장비의 호소에 유비도 마침내 출전을 결심한다. 장비는 출전하기 전 관우 추도전에 맞추어 3일 내로 흰 깃발과 흰 갑옷을 만들라는 명령을 내린다. 그런데, 장달과 범강이 3일 안에 만드는 것은 무리이기 때문에 시일을 늦춰 달라고 하자 화가 난 장비가 곤장을 치고는 기일을 맞추지 못하면 처형하겠다고 엄포를 놓는다. 지독하게 매를 맞고 돌아온 장달과 범강이 내일이면 어차피 죽을 목숨이니 이렇게 된 바에 미리 장비 놈을 죽이자고 결탁한다. 그리고는 마침내 술에 취해 쓰러진 장비의 목을 베고 손권에게로 달아난다(『삼국연의』 제81회).

『삼국지』에서는 장비의 죽음에 대해서 직접적인 언급은 없지만, 유비의 말을 통해 간접적으로 묘사하고 있다.

"그대는 형벌에 따라 사람을 죽이는 것이 이미 지나치고 또 매일 병사를 채찍질하면서 그들을 측근에 임용하고 있으니 이는 화를 부르는 길이오."

— 『삼국지·촉서』「장비전」

『삼국지』의 저자 진수는 장비에 대해 "관우는 사대부들에게 오만했고 장비는 군자를 아끼고 존중했지만, 아랫사람은 보살피지 않았다"(『삼국지·촉서』「장비전」)라고 평가하고 있다. 여기에서 관우와 달리 장비는 평소 부하들을 잘 대해 주지 않았음을 추측해 볼 수 있다. 게다가 유비가 우려한 대로 채찍질한 부하를 측근에 기용한 것이 결국 화를 불러일으키게 되었던 것이다. 혼자서 만 명의 적도 상대할 수 있다는 장비로서는 어처구니없는 죽음이었다.

『삼국연의』에서는 장비의 사망 이후 맏아들 장포張苞가 뒤를 이어 오나라와의 전쟁에 출전하는 것으로 묘사하고 있다. 하지만, 장포는 장비보다 먼저 사망했기 때문에 사실이 아니다. 실제로는 둘째 아들 장소張紹가 장비의 뒤를 이어 출전하게 된다. 원정군을 떠나보낸 후 제갈량은 관원들을 돌아보며 말했다.

"법효직(법정)이 살아 있었다면 틀림없이 주상의 동정을 제지할

수 있었을 것이오."
— 『삼국연의』 제81회

『삼국지』에서는 이 말이 원정에서 대패한 후에 한 것으로 나

와 있지만, 소설에서는 원정을 떠나보내면서 한 말로 설정하고

있다.

한편, 유비와의 일전을 피할 수 없다고 본 손권은 이전에 포

로로 사로잡은 우금과 그 부하들을 위나라로 돌려보내고 신하

를 칭하며 조비에게 도움을 요청했다. 북쪽의 조비와 서쪽의

유비에게 동시에 협공을 당하면 버틸 수 없다고 판단했기 때문

이다. 손권은 조비로부터 오왕으로 책봉을 받아 위나라의 침

략에 대한 우려를 해소하고 유비와의 일전에 전력을 기울일 수

있게 되었다. 관우를 제압하는 데 큰 공을 세운 여몽은 이미 병

사했기 때문에 손권은 젊은 군사 천재 육손에게 전권을 하사

했다.

유비는 오반吳班과 풍습馮習을 선봉으로 삼고 육손이 지키고

있는 무성巫城과 자귀성秭歸城을 잇달아 격파하면서 순식간에 자

귀현까지 제압했다. 유비 자신도 본진을 이끌고 진군하여 자귀

에 주둔했으며 오반에게는 수군을 이끌고 이릉으로 진군해 포진하게 했다. 이릉은 현재의 후베이성 이창시宜昌市이다. 양자강 삼협의 하나인 서릉협西陵峽의 하류이며 양자강에서 파촉으로 들어가는 입구로 군사적 요충지에 해당한다.

이듬해인 장무 2년(222) 2월 유비도 이릉의 남쪽인 효정猇亭까지 진군해서 포진했다. 물론 대군을 한 곳에 포진시킬 수는 없었기 때문에 분산시켰다. 『삼국지』에 의하면 "험준한 요새에 흩어져 포진해서 전후로 진영 50여 개를 설치했다"(『삼국지·오서』「오주전」)라고 한다. 『삼국연의』는 이 진채를 두고 장대함이 지극했다고 묘사하고 있지만, 당시 낙양에 있던 위나라 황제 조비는 이 소식을 듣고 신하들에게 말했다.

"유비는 병법을 이해하지 못하고 있소. 고원, 습지, 험한 곳을 둘러싸고 군대의 진영을 구축하는 자는 적에게 사로잡히게 되어 있으니, 이것은 병법에서 금하는 것이오. 전쟁에 대한 손권의 상주가 곧 도착할 것이오."

— 『삼국지·위서』「문제기」

조비의 예측은 그대로 적중했다. 유비의 진영이 강을 따라 길게 늘어선 데다가 험한 산지나 습지에 오랫동안 주둔했기 때문에 병사들의 사기도 많이 떨어져 있었다. 『삼국연의』에서는 성도에 있던 제갈량이 유비가 보낸 진영도를 보고는 놀라 "습지에 영채를 세우는 것은 병법에서 금하는 일인데, 저들이 만일 화공을 쓴다면 무슨 수로 막아 낼 수 있겠는가!"(『삼국연의』 제84회)라며 급히 진채를 옮기라고 간언한다. 그러나 때는 이미 늦었다. 반년 넘게 유비군의 도발에 응하지 않고 기회를 노리던 육손이 마침내 움직이기 시작했다. 육손은 전군에 지시를 내리고 야밤을 틈타 신속하게 총공격을 개시했다. 오군은 길게 늘어서 있는 촉 진영을 수륙 양면에서 협공을 가했다. 강력한 수군이 화공을 가하고 물러나면 육군이 불을 피해 달아나는 적을 높은 곳에서 공격하는 방식으로 순식간에 40개 이상의 촉군 진영을 격파했다.

마안산馬鞍山에 머물러 있던 유비는 주위에 군대를 포진시켰지만, 사방에서 육박해 오는 오군의 공격에 진영이 무너져 사상자가 속출했다(『삼국지·오서』 「육손전」). 유능한 장수였던 마량馬良과 풍습, 왕포王甫 등이 전사하고 퇴로를 차단당한 황권 등은 위나라에 투항했다. 유비는 야밤을 틈타 구조하러 온 조자룡의 도움을 받아 겨우 백제성으로 피신할 수 있었다.

　오나라는 일찍이 적벽 대전에서 화공으로 조조의 대군을 물리친 적이 있는데, 이번에도 역시 화공으로 유비의 대군을 격파한 것이다. 당시 촉군의 피해는 참패에 가까웠다. 『삼국지』에서는 다음과 같이 전하고 있다.

　　저들(촉나라)의 배, 병기, 수군, 보병의 물자(양식이나 무기 등)는

　　일거에 모두 손실되고 병사들의 시신은 떠다니며 장강을 가득 메

　　웠다.

　　　　　　　　　　　　　　　　　　　　　－ 『삼국지·오서』「육손전」

　백제성으로 피신한 유비는 매우 부끄럽고 분해서 "내가 육손에게 좌절과 모욕을 당했으니, 어찌 하늘의 뜻이 아니겠는가!"(『삼국지·오서』「육손전」)라고 탄식했다. 실의에 빠진 유비는 성도로 돌아가지 않고 백제성을 영안으로 명명한 후 머물다가 승상 제갈량을 불러서는 다음과 같은 유언을 남겼다.

　　"그대의 재능은 조비의 열배는 되니 틀림없이 나라를 안정시키

　　고 끝내는 큰일을 이룰 것이오. 만일 후계자(유선)가 보좌할 만한

사람이면 그를 보좌하고 그가 재능이 없다면 당신이 스스로 취하시오."

— 『삼국지·촉서』「제갈량전」

그리고 아들 유선에게는 "승상과 함께 나라를 다스리고 그를 아버지처럼 섬겨라"(『삼국지·촉서』「제갈량전」)라는 유언을 남기고 장무 3년(223) 파란만장한 삶을 마감했다. 향년 예순셋으로 조조보다 세 살 이른 나이에 세상을 떠났다.

이처럼 이릉 전투는 유비의 참패로 끝난 싸움이지만, 『삼국연의』에서는 관우의 추도 전쟁에 걸맞게 각색되어 독자들에게 통쾌함마저 주고 있다.

장비의 아들 장포와 관우의 아들 관흥은 관우 추도전에 누가 선봉을 설 것인가를 결정하기 위해 무예를 겨룬다. 서로 호각지세였기 때문에 승부를 내지 못하다가 결국 유비의 명으로 한 살 많은 장포가 형, 관흥이 동생이 되는 것으로 의형제를 맺는다. 아버지 시절 맺은 의형제가 자식 대에도 이어진 것이다.

촉군은 장비가 살해당하는 원인이 되기도 했던 흰색 갑옷을 입고 출정하는데, 관우의 추도전답게 관우의 혼령이 나타난다. 관흥이 원수 중의 한 명인 반장의 뒤를 쫓다 길을 잃어 어느 산장에 이르니 대청에 관우의 신상을 그린 족자 한 폭이 걸려 있다. 관흥이 절을 하며 노인에게 물었다. "노인장께선 무슨 연유로 제 부친께 공양을 올리십니까?" 노인이 대답했다. "여기에서는 모두가 관 공(관우)을 신으로 받들지요. 군후께서 살아 계실 때도 집집마다 모셨거늘 하물며 지금은 신이 되시지 않았소이까?"(『삼국연의』 제83회) 나관중은 이전에 화타의 말을 빌려 관우가 신이 될 것이라는 사실을 암시한 바 있는데, 실제로 충의의 상징으로서 민간에서 인기가 높은 신으로 모셔지고 있었던 것이다.

관흥은 이 산장에서 아버지 관우 혼령의 도움을 받아 원수 중의 한 명인 반장의 목을 베고 유품인 청룡언월도를 되찾는 데 성공한다. 이외에도 관흥은 유비를 구하다가 중상을 입지만 맹활약을 펼쳤다. 장포 역시 이릉 전투 초반에 촉군이 승리를 거둘 때 오나라로부터 호송되어 온 아버지의 원수 장달과 범강을 자신의 손으로 처형해 아버지의 원혼을 달랜다. 그 후에도 장포와 관흥은 전투에서 맹활약하는 것으로 설정하고 있다.

물론 이러한 이야기는 모두 『삼국연의』의 창작이다. 관흥에 대해서 역사서 『삼국지·촉서』 「관우전」에는 제갈량으로부터 장래가 촉망되는 인물이라는 평을 받아 20세에 시중侍中·중감군中監軍으로 발탁되지만, 수년 후 사망했다고 기록되어 있을 뿐이고, 장포 역시『삼국지·촉서』「장비전」에 장비보다 먼저 사망했다고만 기록되어 있다.

또한『삼국연의』에서는 노장 황충이 "나를 따르던 장수들이 모두 늙어 쓸모없어졌다"라고 한 유비의 말에 발끈해서 적진으로 돌진하다가 화살을 맞고 부상을 입어 전사하는 것으로 나온다. 하지만, 황충은 유비가 한중왕에 즉위한 이듬해에 이미 사망했다. 그리고 달아나는 유비를 뒤쫓아 온 주연을 조자룡이 단칼에 베어 버리는 등의 이야기도 모두 나관중의 창작이다.

이처럼『삼국연의』는 이릉 전투를 관우의 추도전으로 묘사하여 관우 그리고 장비의 원수에게 통쾌한 복수를 가하고 있다. 이러한 묘사는 두 주인공의 죽음으로 인해 상처받은 독자들의 마음을 위로하는 효과를 발한다. 게다가 아버지의 원수를 갚기 위해 죽음을 불사하고 전투에 임하는 자식들의 모습을 통해, 그리고 주군을 위해 장렬하게 죽어 가는 신하들을 통해 충과 효에 대한 이미지를 강렬하게 전하고 있다. 이것이 바로 오랫동안 수많은 독자들을 매료시킨『삼국연의』의 매력일 것이다.

그런데, 이릉 전투의 가장 압권은 백제성으로 달아난 유비를 뒤쫓아 온 육손이 제갈량이 이전에 만들어 놓았던 팔진도에 갇혀 우왕좌왕하다 황승언黃承彦의 도움으로 겨우 살아 나온다는 설정이다. 황승언은 제갈량의 장인이다. 『삼국지』에 의하면 황승언은 후베이성의 명사로 채모(형주 유표 채부인의 동생)의 매형이기도 하다. 일찍이 그는 제갈량을 만나 "나에게 추한 딸이 있는데 재능은 당신과 어울릴 만하다"라고 권해서 제갈량이 승낙하자 딸을 마차에 태워 보냈다는 이야기가 전해진다(『삼국지·촉서』「제갈량전」).

이런 그가 갑자기 등장해서 적군의 대장인 육손이 죽는 것이 안타까워 도와주는 설정은 다소 이해하기 어려운 장면이다. 『삼국연의』의 작가는 오나라를 묘사할 때, 주유·노숙의 경우에서 보았듯이 언제나 제갈량에게 당하고 마는 어리숙한 존재로 희화화시켰다. 여기에서도 제갈량의 신출귀몰한 능력을 내보이기 위해 팔진도를 조성해 육손을 죽음의 지경까지 몰아가지만, 아직 그가 활약해야 하는 사정상 뜬금없지만, 후베이 지역의 명사 황승언을 등장시켜 육손을 살려 주도록 설정한 것으로 보인다.

제14장
제갈량의 남만 정벌과 칠종칠금

　장무 3년(223) 4월 유비가 영안궁(백제성)에서 세상을 떠난 후 5월 유선이 성도에서 황제에 즉위하니 당시 나이 17세였다. 유선은 두 명의 황후를 두었는데 모두 장비의 딸이다.

　유선은 즉위 후 대사면을 실시하고 연호를 건흥建興으로 변경했다. 그러나 촉의 권한은 유비로부터 후사를 부탁받은 승상 제갈량이 장악하고 있었다. 『삼국지』에서는 무향후武鄕侯로 봉해진 제갈량이 익주목을 겸하면서 크고 작은 나랏일을 모두 결정했다고 기록하고 있다(『삼국지·촉서』 「제갈량전」). 이는 유선의 나이가 아직 어렸기 때문이었을 뿐 아니라 우매해서 나라를 잃은 군주로 평가받고 있듯이 그다지 정치에 관심이 없었던 탓도 있었을 것이다.

『삼국연의』에는 당시 유선과 제갈량의 관계를 보여 주는 상징적인 사건을 하나 묘사하고 있다. 유비의 죽음을 틈타 조비가 촉을 병합하기 위해 여러 갈래로 대군을 파견해 진격해 온다는 이야기가 들려왔다. 조비의 군대가 쳐들어온다는 소식에 어찌할 바를 모르고 우왕좌왕하던 유선이 제갈량을 찾아가니 이미 위나라의 군대를 물리칠 방도를 마련해 놓고 있었다(『삼국연의』 제85회). 이 사건은 물론 창작이지만, 국정운영에서 두 사람의 관계를 단적으로 보여 주는 사례라고 하겠다.

국정을 장악한 제갈량이 가장 시급하게 추진한 것은 오나라와의 동맹 관계를 다시 회복하는 일이었다. 패전의 아픔이 아직 가시지 않았지만, 위나라를 상대하기 위해서는 오와의 동맹 관계가 필요했다. 손권 역시 위나라 신하로 복속하는 것보다는 명분상 촉과 대등한 관계를 수복해서 위에 대항하는 편이 나았을 것이다. 마침내 유비가 사망한 지 반년이 지난 후 제갈량은 등지鄧芝를 오나라 사신으로 파견했다.

『삼국지』의 저자 진수는 등지를 '오와 국교를 회복시킨 명사신'으로 평가하고 있다. 제갈량이 유비의 죽음 이후 손권의 동향을 우려하자 등지는 다음과 같이 말했다.

"지금 주상은 어리고 약하며 즉위한 지 얼마 되지 않으니 마땅히 중요한 사신을 보내 오나라와 우호 관계를 두텁게 해야 합니다."

— 『삼국지·촉서』「등지전」

이를 듣고 제갈량은 기다렸다는 듯이 지금 마땅한 사람을 찾고 있었는데 바로 당신이 적임자라고 하며 등지를 오나라로 보내 손권과 우호 관계를 맺도록 했다. 등지의 외교적 수완으로 손권은 위나라와의 관계를 끊고 촉과 다시 우호 관계를 맺게 되었다. 등지를 접견한 자리에서 손권은 등지에게 "만일 천하가 태평하다면 두 군주가 나누어서 다스려도 좋겠소!"라고 하자 등지는 "하늘에는 두 태양이 없고 땅에는 두 군주가 없습니다"(『삼국지·촉서』「등지전」)라고 답했다. 이 일화는 『삼국연의』에도 그대로 묘사되어 있는데, 손권은 등지의 충실함을 높게 평가했다고 기록하고 있다.

제갈량이 오와의 동맹을 적극적으로 추진한 또 다른 배경에는 남만南蠻 문제가 있었다. 촉나라의 남만 즉 지금의 쓰촨성 남부 및 윈난성, 구이저우성 일대는 지금도 이족彝族과 묘족苗族을 비롯해 다양한 소수민족이 거주하고 있다. 당시 남만에서 옹개雍闓가 서남 소수민족의 유력자인 맹획孟獲 등과 손을 잡고 반란을 일으켰다.

옹개는 본래 익주의 지방호족으로 유비 편에 섰으나 유비가 사망하자 촉에서 임명한 태수 정앙正昂을 죽이고 오나라에 투항한 인물이다. 제갈량은 촉의 후방을 안정시키기 위해 마침내 건흥 3년(225) 봄, 대군을 거느리고 남만 정벌에 나섰다. 이 정벌에 대해 『삼국지』에서는 "봄에 남쪽으로 정벌을 나가 그해 가을에 모두 평정했으며, 새로 평정한 여러 군에서 물자가 나와 나라가 풍요로워졌다"(『삼국지·촉서』「제갈량전」)라고만 간략히 기록하는 데 그쳐 자세한 내용은 알 수 없다. 훗날 제갈량이 북벌을 위해 올린 출사표에 의하면 "5월 노수瀘水를 건너 깊숙이 불모지로 들어갔다"(『삼국지·촉서』「제갈량전」)라고 언급하고 있을 뿐이다. 노수는 현재 금사강金沙江이라고 부르며 양자강의 상류에 해당한다. 여하튼 남만 정벌을 통해 촉은 후방을 안정시키고 많은 물자를 확보할 수 있었다. 그런데, 『삼국지』 배송지 주의 『양양기襄陽記』에 의하면 제갈량이 남만을 정벌하러 나갈 때

읍참마속泣斬馬謖의 고사로 유명한 마속馬謖이 전송하러 나온다. 제갈량이 남만 정벌에 대한 좋은 계책을 묻자 마속이 다음과 같이 진언한다.

"남만은 중원과 거리가 멀고 산천이 험난한 것을 의지해서 복종하지 않은 지 오래입니다. 비록 오늘 그들을 무찌른다 하더라도 내일이면 또 반기를 들 것입니다. 승상의 대군이 나서면 비록 평정되기는 하겠지만, 만약 군사를 돌려 북벌에 나서 군사적 공백이 생긴다면 그들은 곧바로 반발할 것입니다. 무릇 용병의 도는 마음(心)을 공략하는 것이 상책이고 성城을 공략하는 것이 하책입니다. 마음으로 싸우는 것이 상책이고 병사로 싸우는 것이 하책입니다. 그러니 승상께서는 저들이 마음으로 복종하도록 하십시오."

— 『삼국지·촉서』「마량전」

제갈량은 마속의 계책을 받아들여 맹획을 풀어 주어 남만을 굴복시켰다고 하는데, 이것이 바로 유명한 '칠종칠금七縱七擒'이다. 『한진춘추漢晉春秋』에는 이 '칠종칠금'에 대한 일화를 상세하게 소개하고 있다.

제갈량이 남만 정벌에 나서 처음으로 맹획을 사로잡은 후에 진영을 살피도록 하고 "이 군은 어떻소?" 하고 묻는다. 맹획은 "전에는 허실을 몰랐기 때문에 졌습니다. 이제 진영을 돌아보 았으니 분명히 쉽게 이길 수 있습니다"라고 말한다. 이에 제갈 량은 맹획을 풀어 주고 그 후로도 일곱 번 풀어 주고 싸우기를 반복하여 일곱 번 사로잡았다. 그리고도 제갈량은 여전히 맹획 을 풀어 주었다. 그러자 맹획은 "그대는 하늘의 위엄을 지녔습 니다. 우리 남인들은 두 번 다시 배반하지 않겠습니다"라고 말 했다. 제갈량은 남만을 정벌하고 나서 그들의 우두머리를 세우 고 돌아왔다(『삼국지·촉서』「제갈량전」).

『삼국연의』에서 맹획은 남만의 왕으로 나온다. 그가 처음 등 장한 것은 촉나라 후주 유선이 막 즉위한 후 위나라 조비가 사 마의의 진언으로 5개의 루트로 촉나라를 공격할 때이다. 당시 맹획은 10만 군사를 거느리고 촉을 공격하지만, 제갈량이 위연 에게 지시한 의병계擬兵計(위장전술)에 패배해서 남만으로 퇴각한 다. 『삼국연의』는 제갈량이 맹획을 일곱 번 풀어 주고 일곱 번 사로잡는 과정에서 다양한 이야기를 흥미진진하게 전개하고 있다.

우선 물맛이 매우 달지만 사람이 마시면 말문이 막히고 죽고 마는 샘물과 독이 든 안개로 인해 촉군이 곤란을 겪고 있을 때 맹획의 친형 맹절이 도와주어 위험에서 벗어나는 일(『삼국연의』 제89회), 맹수와 요술을 부리는 목록대왕木鹿大王, 칼과 화살을 튕겨 내는 등갑병 등의 일화는 마치 한 편의 무협 영화를 보는 것 같다(『삼국연의』 제90회).

제갈량은 맹획을 감복시킨 후 개선하는 길에 노수를 건너는데에는 강물을 진정시키기 위해 산 사람을 제물로 바친다는 악습을 듣는다. 제갈량은 이 악습을 없애기 위해 밀가루로 사람 모양을 만들어 제사를 지내어 강물을 진정시켰다. 이 밀가루로 만든 사람 모양이 바로 오늘날 만두의 시초가 되었다고 한다(『삼국연의』 제91회).

이러한 에피소드는 물론 『삼국연의』의 창작이다. 또한 맹획의 아내 축용, 아우 맹우, 처남 대래동주 등 남만 정벌에 등장하는 대부분의 인물 역시 가공의 인물이다. 지금도 윈난성 일대에는 제갈량의 남만 정벌에 관한 많은 전설이 전해지고 있는데, 이 역시 역사적 사실이라기보다는 『삼국연의』를 통해 후에 만들어진 사실일 것이다. 가상의 현실이 실제 현실의 문을 열게 된 것이다. 흥미로운 것은 현지 소수민족의 전승 중에 도리어 맹획이 제갈량을 일곱 번 풀어 주었다가 일곱 번 사로잡았다고 하는 이야기도 전해지고 있다.

제갈량의 '칠종칠금'의 고사를 보면 남만을 정벌했다고 하기보다는 남만을 위무慰撫하는데 더 주력했다고 볼 수 있다. 『삼국연의』에서는 남만을 정벌한 후 장수 비위가 간한다.

"승상께서 친히 장병들을 거느리시고 이 불모의 땅으로 깊이 들어오셔서 만인蠻人들의 땅을 거두어들였습니다. 만왕이 이미 귀순했는데 어찌 관리를 두어 맹획과 함께 다스리지 않으십니까?"

— 『삼국연의』 제90회

남만을 직접 다스리자는 제안에 대해 제갈량은 다음과 같이 세 가지 어려움을 들어 사양한다.

"남만족이 아닌 외지의 관원을 머물게 하려면 군사도 남겨야 할 터인데 군사들이 먹을 것이 없으니 이것이 첫 번째 어려움이오. 그렇다고 군사를 남기지 않은 채 관원만 남긴다면 반드시 환란이 일어날 것이니 이것이 두 번째 어려움이오. 그리고 남만인들은 자기들끼리도 미워하고 의심하는 지경인데 외지의 관원을 남겨 두면 더 믿지 않을 것이니 이것이 셋째 어려움이오."

— 『삼국연의』 제90회

제갈량은 남만이 직접 다스리기 어려운 땅이라는 것을 알고 그런 어려움을 해결하고자 맹획이 진심으로 항복할 때까지 기다렸던 것이다. 이는 역사적 사정을 제대로 묘사한 것이라고 할 수 있다. 실제로 남만을 정벌했다고 하더라도 당시 촉나라 능력으로는 산간벽지의 이민족 세계를 직접 다스릴 여력이 없었다. 게다가 그럴 필요도 없었을 것이다. 역사상 중국의 서남 지역은 원나라 때 비로소 중국의 지배하에 들어갔는데, 명·청 시대에도 여전히 직접 지배하는 것보다는 현지 소수민족의 수장을 토사土司로 임명해서 간접적으로 지배할 수밖에 없을 정도로 험난한 지역이었다. 나관중은 이러한 사실을 잘 알고 있는 터라 남만 정벌 사건을 '칠종칠금'이라는 이야기로 흥미롭게 풀어낸 것이다.

제15장
제갈량의 출사표와 북벌 개시

    오나라와 동맹을 체결하고 남만 정벌을 마친 제갈량은 건흥 6년(228) 정월, 마침내 위나라를 정벌하고 중원을 회복하기 위한 북벌을 개시한다. 한나라 황실의 후계자를 자처하는 촉한으로서 한 황실을 찬탈한 위나라를 정벌하는 것은 대의명분상 지극히 당연한 것이었다. 황제의 나라로서 왕의 신분인 오나라와 동맹을 체결한 것도 역시 위나라를 정벌하기 위해서였던 것이다. 제갈량은 북벌에 앞서 후주 유선에게 바친 '출사표'에서 다음과 같이 언급했다.

    "지금 남방은 평정되었고, 군대와 무기도 이미 풍족하므로 마땅히 삼군을 거느리고 북쪽 중원을 평정해야 합니다. 바라는 바는 우둔한 재능을 다하여 간사하고 흉악한 자들을 물리치고 한나라 황실을 부흥시켜 옛 도읍지로 돌아가는 것입니다. 이것이 선제께 보답하고 폐하께 충성하는 직분입니다." ─『삼국지·촉서』「제갈량전」

이 출사표는 『삼국연의』(제91회)에도 그대로 실려 있다. 그러나 한 황실을 회복한다는 것은 어디까지나 명분상의 문제이고 실제적인 이유는 따로 있었다. 일찍이 제갈량은 유비와 처음 만나는 자리에서 '천하삼분지계'를 언급해서 그를 감동시킨 바 있다. 오나라와 동맹을 체결해 적벽 대전에서 조조를 격파하고 그 기세를 타서 형주의 절반을 차지한 후 익주를 공격해 본거지를 확보했다. 후에 관우의 패배로 인해 형주를 잃었지만, 익주를 기반으로 위나라, 오나라와 대등한 관계를 유지하고 있으니 이른바 천하삼분지계를 완성했다고도 볼 수 있다.

그러나 삼국의 형세를 보면 위나라가 3분의 2를 차지하고 나머지 3분의 1에서 오나라가 3분의 2를 차지하고 촉나라는 그 나머지인 3분의 1을 차지하는데 불과한 형세였다. 전체적으로 보면 9분의 1에 해당하는 것이었다. 표면적으로는 삼국이 대등하게 보이지만 실제로는 도저히 '천하삼분지계'라고 할 수 없었다. 제갈량이 '출사표'의 서두에서 "지금 천하는 셋으로 나뉘어 있습니다만, 익주는 오랜 싸움으로 피폐해 있는 상태입니다. 이는 나라가 위험에 처한 존망의 시기라고 할 수 있습니다"(『삼국지·촉서』「제갈량전」)라고 한 것은 당시 상황에 대한 제갈량의 속내라고 할 수 있다. 열악한 상황에서 난국을 타개하기 위해서 제갈량은 북벌이라는 과감한 작전에 나설 수밖에 없었을 것이다. 열세인 촉나라가 강대국인 위나라를 정벌한다는 것은 객관적 측면에서 무모한 행위로 보인다. 하지만, 그대로 가만히 있다가는 언제 위기가 닥쳐올지 모르는 상황에서 선수를 칠 필요가 있었던 것이다.

게다가 적벽 대전에서 승리한 경험이 있는 데다가 북벌에 앞서 남만을 정벌하여 배후의 불안을 해소했다. 뿐만 아니라 군사력을 증강시켜 만반의 준비를 갖추었다고 판단해 과감한 군사작전에 나서게 되었던 것이다.

당시 위나라에서는 제갈량이 남만을 정벌하고 돌아온 이듬해(226) 5월 조비가 마흔의 나이로 병사하고 그의 아들 조예曹叡가 뒤를 이어 막 즉위한 상황이었다. 조예의 생모는 조조의 숙

적이었던 원소의 차남 원희의 아내였던 견甄부인이다. 조조가 원씨의 본거지를 점령했을 때 조비의 눈에 들어 정부인으로 맞이했다. 조예는 대단히 총명한 인물로 조조의 사랑을 독차지했다고 하지만, 조비가 그를 정식 후계자로 임명한 것은 죽기 바로 직전이었다. 『삼국연의』에는 조비가 조예를 데리고 사냥을 나간 일화가 나온다. 조비가 어미 사슴을 쏘아서 쓰러트린 후 조예에게 새끼 사슴을 쏘라고 하니 조예가 울먹이면서 "폐하께서 이미 그 어미를 죽이셨는데 제가 어찌 차마 그 새끼를 또 죽이겠습니까?"라고 했다. 조비는 활을 땅에 던지면서 "내 아이는 참으로 어질고 덕이 있도다"(『삼국연의』 제91회)라고 말했다. 이 이야기는 『삼국지·위서』 「명제기」에 인용되어 있는 「위말전魏末傳」에도 실려 있다. 아마도 이를 계기로 조비가 조예를 후계자로 세울 결심을 했다는 설이 있는데 상당히 설득력이 있는 것처럼 보인다. 하지만, 이 일화는 후세의 창작일 가능성도 높다. 왜냐하면 조비는 조예의 생모인 견부인을 질투심이 많다고 해서 자살하게 만들었기 때문이다. 게다가 죽기 전까지 후계자를 임명하지 않은 것을 보면 다른 아들을 후계자로 생각했을 가능성도 농후하다. 다만 갑자기 병사하면서 어쩔 수 없이 학문을 좋아하는 조예를 선택했을 가능성이 있다.

『삼국연의』는 제갈량이 북벌에 앞서 위나라의 중신 사마의를 모함에 빠트려 파면시키는 데 성공한 것으로 묘사하고 있다. 하지만, 실제로 조예는 선대부터의 중신인 사마의를 여전히 중용했다. 제1차 북벌 시기 사마의가 전쟁에 참전하지 않은 이유는 『삼국연의』에서처럼 파면되어 고향으로 돌아갔기 때문이 아니라 장강 중류에서 위나라의 사령관으로 오나라의 진공進攻을 대비하고 있었기 때문이다.

건흥 6년(228) 봄, 제갈량은 마침내 제1차 북벌에 나섰다. 제갈량은 한중을 전진기지로 삼았다. 한중은 앞서 언급했듯이 한나라 고조 유방이 이곳에서 중원으로 진출해 항우를 제압하고 천하를 쟁취한 역사적인 고장이다. 선제 유비의 유지를 받들어 한나라 황실의 영광을 재현하고자 하는 제갈량에게는 더할 나위 없는 지역이었다. 한중과 관중(위나라의 장안 일대) 사이에는 해발 2,000m가 넘는 진령산맥秦嶺山脈이 가로막고 있다.

한중을 출발한 제갈량은 진령산맥을 주파하는 루트 대신 야곡도斜谷道라고 하는 험한 산길을 통해 미현郿縣을 공격한다는 소문을 냈다. 그리고 조자룡과 등지에게 별동대를 조직하여 북상하도록 해 기곡箕谷에 포진시켰다. 제갈량 자신은 주력부대를 이끌고 서쪽으로 돌아서 기산祁山을 공격하는 양동작전을 전개했다.

당초 위연은 제갈량에게 장안을 지키고 있는 안서장군 하후무夏候楙는 겁쟁이인 데다 지략이 없으니 자신에게 정예병 5천 명만 주면 곧장 동쪽의 자오곡子午谷을 타고 장안을 기습해서 단숨에 함양 서쪽을 평정할 수 있을 것이라고 제안했다. 그러나 제갈량은 위연의 계책이 너무 위험하다고 여겨 받아들이지 않았다(『삼국지·촉서』「위연전」). 『삼국연의』(제92회)에도 등장하는 위연의 계략은 상당히 매력적인 제안이었다.

하지만, 위험한 산길을 신속하게 돌파해야 하고 장안을 지키던 하후무가 곧바로 달아나야 하며, 위나라의 원군이 도착하는 데 20일은 걸려야 하는 등 여러 가지 조건이 맞아떨어져야 가능한 것이었다. 위연은 제갈량을 겁쟁이라고 하며 자신의 재량을 펼칠 수 없음을 한탄했다고 하지만, 제갈량의 입장에서는 만반의 준비를 하고 북벌에 나섰기 때문에 굳이 모험을 감수할 필요가 없었을 것이다. 게다가 위연의 계략대로 장안을 기습해서 공격에 성공하더라도 배후인 양주에는 위나라 군대가 있었다. 양쪽에서 협공을 당하게 되면 별다른 대책이 없다고 여겼기 때문에 먼 길을 돌아 천수군天水郡을 제압할 필요가 있다고 판단했던 것이다.

이처럼 제갈량은 비록 군사 전문가는 아니지만, 당시의 형세를 판단하는 탁월한 안목을 지녔던 것만은 확실하다. 여하튼 오랫동안 전쟁이 없었던 위나라는 제갈량의 북벌 소식에 당황해서인지, 기산 부근의 남안南安, 천수, 안정安定 등 세 성이 잇달아 위나라를 배반하고 촉나라에 투항했다. 제갈량 사후 북벌을 추진하게 되는 강유姜維(202년~264년)가 투항한 것도 바로 이 시기이다.

『삼국연의』(제92회)에서는 조자룡과 등지가 제갈량이 이끄는 본진의 선봉장이 되어 위나라 하후무와의 서전을 승리로 장식하는 것으로 묘사하고 있다. 하후무는 아버지 하후연의 원수를 갚기 위해 자원해서 군대를 통솔하지만, 결국 제갈량의 계책에 연이어 패해 포로가 된다. 이후 제갈량이 강유를 얻기 위한 계책으로 그를 풀어 주었으나 주제를 모르고 다시 제갈량에게 대항하다가 또다시 패해 부끄러운 나머지 위나라로 돌아가지 못하고 아예 강족 땅으로 도망간다.

그러나 『삼국연의』에서 묘사하고 있는 하후무에 대한 일화는 사실과 차이가 있다. 『삼국연의』에서 하후무는 하후연의 아들로 나오지만, 실제로는 하후돈의 차남이며 조조의 딸 청하공주의 남편으로 부마도위이다. 그리고 그는 제갈량의 북벌에 대비해 원정군을 편성할 무렵 탄핵을 받아 낙양으로 소환되어 이 전쟁에는 참여조차 하지 않았다. 그가 강족으로 도망간 것을 촉의 장수들이 안타까워하자 제갈량은 "내가 하후무를 놓아준 것은 오리 새끼 한 마리를 놓아준 것과 다름없지만 강유를 얻은 것은 봉황을 손에 넣은 것이나 다름없다"(『삼국연의』 제93회)라고 평가한다. 하후무는 참여하지도 않은 전쟁에서 졸지에 오리 새끼에 비유되는 의문의 일패를 당한 것이다. 그리고 조자룡과 등지는 제갈량 본진의 선봉으로 등장해서 하후무를 격파하는 것으로 나오는데, 실제 조자룡은 별동대로 파견되어 제갈량이 포진한 기산과는 완전히 다른 방향인 한중의 동쪽인 기곡에 포진하고 있었다.

한편, 위나라 명제明帝 조예는 촉군의 침략 사태를 위구시하여 몸소 장안으로 친정해서 탄핵을 당한 하후무를 경질하고 조진曹真을 대장군으로 삼아 관중 지역 방비를 강화했다. 그리고 우장군 장합을 파견해서 위수渭水 북쪽의 요충지인 가정街亭에서 제갈량군을 방어하게 했다. 서전에서 승리한 제갈량은 마속을 발탁하고 왕평王平을 부장으로 삼아 대군을 거느리고 장합을 상대하게 했다.

그런데 가정에 도착한 마속은 왕평의 충고를 듣지 않고 산 정상에 포진했다. 병법서에 "적을 내려다보는 형태에서 맞서 싸운다"라는 유혹을 이기지 못했던 것이다. 이 때문에 산기슭에 포진한 장합의 군대에게 물길과 보급로가 차단당해 어쩔 수 없이 하산하다 기다리고 있던 장합군에게 대패했다. 겨우 전멸을 모면할 수 있었던 것은 산 정상에 오르지 않고 산기슭에서 만일의 사태에 대비하고 있던 왕평의 도움이 있었기 때문이었다 (『삼국지·촉서』「왕평전」).

제갈량은 가정 싸움에서 크게 패한 데다가 조자룡과 등지도 기곡에서 대장군 조진이 파견한 군사에게 패배하자 어쩔 수 없이 한중으로 퇴각할 수밖에 없었다. 패전한 마속은 걸출한 재능의 소유자로 제갈량의 총애를 받았지만, 패전의 책임을 지고 감옥에 갇혔다가 처형되었다. 당시 나이 서른아홉 살이었다 (『삼국지·촉서』「마량전」).

읍참마속

　공정한 법 집행이나 대의를 위해 사사로운 정을 버리는 것을 비유하는 '읍참마속(울면서 마속을 참하다)'이라고 하는 고사는 이렇게 해서 만들어졌다. 마속의 휘하에 있던 장교인 장휴張休와 이성李盛도 처형되고 조자룡도 기곡에서 패전한 책임을 지고 진군장군鎭軍將軍으로 강등되었다. 유일하게 가정에서 선전한 왕평만이 이 싸움 후 관위가 올라갔다. 제갈량 역시 마속을 잘못 기용한 죄로 스스로 승상의 지위에서 내려오는 처벌을 받았다.

　같은 해 12월 산관을 벗어나 진창陳倉을 공격하는 제2차 북벌을 감행했으나 위나라 장수 학소郝昭가 견고하게 지키고 있었다. 게다가 대장군 조진이 구원하러 오자 겨우 20일 만에 군량 부족으로 퇴각하게 되었다. 추격해 온 적장 왕쌍王雙을 벤 것 정도가 유일한 수확이었다. 본래 제2차 북벌은 같은 해 8월 오나라의 육손이 위나라 군사를 크게 격파하자 이에 호응해서 일으킨 것으로 1차와 달리 충분한 준비 없이 진행되었다. 이해는 조자룡이 세상을 떠나면서 유비와 함께 일세를 풍미했던 오호장군(관우, 장비, 마초, 황충, 조자룡)이 모두 역사의 무대에서 사라진 해이다.

건흥 7년(229) 봄 제3차 북벌에 나선 제갈량은 총사령관으로 진식을 임명하고 무도군과 음평군陰平郡을 공략하게 했다. 위나라는 옹주 자사 곽회郭淮를 구원군으로 보냈지만, 제갈량에게 가로막혀 곽회는 어쩔 수 없이 옹주로 돌아가야만 했다. 이로써 촉나라는 두 군을 평정하게 되었다. 이는 여섯 차례에 걸친 북벌에서 거의 유일하게 승리다운 승리를 한 싸움이다. 전년도 가정 전투의 패배로 인해 승상의 자리에서 내려온 제갈량은 이번 승리로 다시 승상으로 복귀했다.

『삼국연의』에서는 이 싸움에서 부상을 당한 장비의 장자 장포가 성도로 후송되어 사망한다. 그리고 이 소식을 들은 제갈량이 너무 큰 충격을 받고 쓰러져 철군하는 것으로 묘사하고 있다. 앞의 이릉 전투에서도 언급했듯이 장포는 장비가 사망하기 전에 이미 죽었다고 기록되어 있다. 제갈량이 3차 북벌에서 무도와 음평 두 군을 차지하게 되었지만, 위나라군이 철수하면서 군민을 모두 이주시켰기 때문에 인구적인 측면에서는 그다지 큰 수확은 아니었으며, 실제로 촉군은 군량 부족으로 인해 한중으로 철수할 수밖에 없었던 것이다.

매년 촉나라의 공격을 받던 위나라는 태화太和 4년(230) 정월 합비合肥에 새로이 성을 구축하고 오나라에 대한 방비를 강화한 후, 7월에는 조진을 총대장으로 삼고 대군을 이끌고 촉나라를 공격했다. 위나라로서는 설욕전에 나선 것이다. 조진은 장안을 출발해서 자오도子午道를 경유해서 남쪽으로 들어가고 사마의는 한수를 거슬러 올라가 남정에서 조진과 합류했다.

위나라 군대는 야곡도와 무위武威 등 여러 방면을 통해 촉나라를 공격해 들어갔으나 때마침 큰비가 한 달 넘게 내리는 탓에 잔도棧道가 끊겨 할 수 없이 퇴각하게 되었다. 『삼국연의』는 퇴각하면서 분한 마음에 병이 난 조진을 조롱하듯이 제갈량이 편지를 보내자 이를 읽고 격분한 나머지 조진이 사망하는 것으로 설정하고 있다(『삼국연의』 제100회).

이처럼 조진은 제갈량의 지략에 번번이 당하는 어리석은 인물로 묘사되고 있는데 『삼국지』의 저자 진수는 조진을 "제갈량의 북벌을 여러 번 물리친" 인물로 묘사하고 있다. 가정 전투에서 장합을 보내 마속을 격파한 것도 조진이며, 제2차 북벌 때 제갈량이 진창으로 나올 것을 예측해서 학소를 보내 지키게 한 것도 역시 그이다. 조진은 활로 호랑이를 쏘아 잡을 정도로 활쏘기와 무예, 그리고 지략이 뛰어난 인물이었다는 평가를 받고 있다(『삼국지·위서』 「명제기」).

공교롭게도 조진은 낙양으로 돌아온 후 지병이 깊어져서 태화 5년(231) 3월에 사망하게 된다. 나관중은 제갈량의 북벌을 여러 차례 저지하는 데 공을 세운 조진을 어리석은 사람으로 묘사하고 또한 그의 사망 시점을 제갈량에게 패해 부끄럽고 분한 나머지 병이 나서 죽는 것으로 절묘하게 활용함으로써 제갈량의 복수를 한 셈이다.

이듬해 건흥 9년(231) 2월, 제4차 북벌에 나선 제갈량은 다시 기산으로 출격해서 조진을 대신해 총대장으로 임명된 사마의와 처음으로 대치하게 되었다. 사마의는 장합과 곽회 등의 주력군을 기산으로 보내고 비요費曜와 대릉戴陵 등의 지원군을 파견해 상규上邽에서 제갈량의 군대를 방어하게 했다. 그러나 비요와 곽회가 제갈량의 공격으로 크게 패하자 사마의는 상규의 험난한 지형에 의지해 더 이상 싸우지 않고 견고하게 지키는 전략을 쓴다. 이에 제갈량도 더 이상 나아가지 못하고 군대를 노성鹵城, 즉 지금의 산시성陝西省 간구甘谷로 퇴각했다.

위나라 장수들은 여러 차례 싸울 것을 건의했으나 사마의는 좀처럼 움직이지 않았다. 다만, 장합을 파견해, 기산 남쪽의 왕평을 공격하게 했지만, 왕평은 성을 견고하게 방어해 장합의 진격을 막아 제갈량의 배후를 습격하려는 장합의 계획을 차단했다. 이 틈을 노려 제갈량은 군사를 돌려 사마의를 공격해 위나라군을 크게 격파하고 3천 명의 수급을 베는 승리를 거두었다. 이후 사마의가 다시 싸움에 나서지 않고 대치하는 가운데 6월이 되자 제갈량은 군량미가 부족하게 되어 결국 퇴각하게 된다.

사마의는 무리하게 장합을 파견해 퇴각하는 촉군을 공격하게 했다. 이때 장합은 목문도木門道에 이르러 매복해 있던 촉군의 화살에 맞아 사망하게 된다. 『삼국연의』에서 장합은 제갈량의 책략으로 위연이 거짓 패배를 하며 퇴각하자 사마의의 만류에도 불구하고 고집을 부려 추격하다 목문도에서 복병의 화살을 맞아 사살되는 것으로 묘사하고 있다(『삼국연의』 제101회).

장합은 여러 차례 촉군을 격퇴한 위나라의 명장으로 가정 전투에서 마속을 격퇴한 것도 바로 그이다. 실제로 장합은 "궁지에 빠져 퇴각하는 군대를 추격하는 일은 할 수 없습니다"라고 사마의에게 진언했지만, 『삼국연의』에서는 반대로 설정해서 최후를 변변치 않게 묘사한다. 이는 마속의 죽음을 비롯해 오랫동안 촉군을 괴롭힌 장합에 대한 나관중의 소소한 복수라고 할 수 있다. 위나라 황제 조예는 노장인 장합의 죽음을 애석해하며 장후壯侯란 시호를 하사했다.

제갈량이 여러 차례 북벌을 단행하지만, 성공을 거두지 못한 가장 큰 이유는 군량 문제라고 할 수 있다. 바로 앞에서도 보았듯이 유리하게 싸움을 전개하다가도 위나라가 버티기 작전에 들어가면 군량 부족으로 인해 물러날 수밖에 없었다. 이 문제를 누구보다 더 잘 알고 있는 제갈량은 그 후 2년간 군량을 비축하고 무기를 일신하는 등 만반의 준비를 갖춘 끝에 최후의 북벌에 나서게 된다.

건흥 12년(234) 2월, 제갈량은 10만 대군을 거느리고 야곡에서 출병해서 무공현武功縣 오장원五丈原(현 산시성 치산현岐山縣 남쪽으로 진령산맥의 북쪽 산기슭)을 점거하고 사마의와 대치하게 되었다. 제갈량은 항상 군량 보급 문제로 곤란을 겪었기 때문에 이번에는 목우木牛와 유마流馬라는 보급차를 제작해서 군수물자를 실어 날랐다. 『삼국연의』에서는 목우와 유마 제작법에 대해 상세하게 설명하고 있는데, 마치 살아 있는 짐승과 다를 바 없었으며 식량을 싣고 산을 오르고 내려가는데, 그 편리함은 말로 다 표현할 수 없을 지경이었다고 한다(『삼국연의』 제102회).

제갈량은 또한 변경이나 군사요충지의 토지를 전투가 없을 시 군사들에게 경작시켜 군량에 충당하도록 한 둔전을 시행해서 장기전에 대비했다. 둔전제는 조조가 처음 시행한 제도로 전란으로 황폐해진 농지를 병사들에게 경작시켜 생산력을 높이고 전시에는 즉시 군대로 전환할 수 있게 한 것이다. 조조의 위나라가 강한 국력을 보유할 수 있었던 배경에는 이 둔전제가 크게 기여했다는 평가도 있다. 제갈량은 이 둔전제를 도입해서 군량미를 비축할 수 있게 되었다.

또한 오나라에도 사신을 보내 동맹 관계를 이용해 오나라의 출병을 촉구했다. 이에 따라 오나라의 손권도 대군을 거느리고 세 갈래로 군사를 나누어 위나라를 공격했다. 촉과 오나라의 총공격에 맞서 위나라의 명제도 스스로 군사를 거느리고 출격하여 오나라 군과 맞섰다. 한편, 조예는 사마의에게 지원군을 보내면서 다음과 같이 조서를 내렸다.

단지 성벽을 굳게 지켜 촉나라 군대의 날카로운 기운을 꺾기만 해도 그들로 하여금 나아가 공격할 수 없게 하고, 물러나 싸울 수도 없게 하여 오랫동안 머물게 하면 군량미가 부족할 것이다. 설령 사방에서 약탈을 자행해도 얻는 것이 없다면 반드시 군대를 물릴 것이다. 달아나는 적을 추격할 때는 아군을 안전한 상태에 놓고 오랜 시일 동안 피곤해진 적군을 공격하는 것이 완전한 승리를 얻는 방책이다. ─『삼국지·위서』「명제기」

촉군은 군량미가 부족할 터이니 방어에 치중하고 절대로 싸우지 말라는 것이었다. 그런데, 마침 오나라 군중에는 역병이 유행한 데다가 명제가 스스로 출전할 것이라고 생각하지 못한 손권은 승산이 없다고 보고 군대를 철수했다. 동맹군 오나라 군대의 철수는 제갈량으로서는 계산 밖의 일이었다. 제갈량은 진지에서 움직이지 않는 사마의를 도발하기 위해 부인들이 사용하는 노리개나 의복을 보내기도 했지만, 명제로부터 엄명을 받은 사마의는 제갈량의 도발에 응하지 않은 채 성을 고수하는 소모전을 전개했다.

『삼국연의』에서는 이 최후의 북벌 전투를 대단히 홍미롭게 묘사하고 있다. 제갈량은 싸움에 응하지 않는 사마의를 끌어내기 위해 목우를 이용해 군량미를 호로곡(상방곡이라고도 함)이라고 하는 골짜기에 쌓아 두고 있다는 소문을 낸다. 이 소식을 들은 사마의는 기산의 본진을 공격하는 척하면서 제갈량이 있는 호로곡을 공격해 들어가지만, 기다리고 있던 제갈량의 화공을 받아 죽기 일보 직전에 이른다. 사마의가 "우리 삼부자가 모두 여기서 죽는구나!" 하고 대성통곡하고 있는데 느닷없이 광풍이 불더니 천둥 벽력과 함께 쏟아진 소낙비로 불이 꺼지자 사마의는 구사일생으로 달아나는 데 성공한다. 이를 본 제갈량은 "일을 도모하는 것은 사람에게 있지만(謀事在人), 일을 이루는 것은 하늘에 달려 있다(成事在天)더니 억지로 될 일이 아니로구나!"(『삼국연의』제103회)라는 말을 남기며 탄식했다. 이 호로곡 전투는 『삼국연의』의 창작으로 당시에는 호로곡이라는 지명조차 없었다. 게다가 당시에는 존재하지도 않았을 지뢰가 터지기도 하니 (화약은 당나라 이후 등장한다), 나관중이 사마의를 얼마나 미워했는지 짐작할 수 있다. 마치 호로곡 전투에서 사마의를 죽였더라면 제갈량이 북벌에 성공했을지도 모른다는 암시를 독자들에게 주고 있는 것이다. 분명히 사마의가 죽었더라면 위나라는 동요했을 터이지만, 당시 위나라에는 촉나라에 비해 인재가 즐비했기 때문에 그다지 큰 충격을 받지는 않았을 것이다.

양군이 100여 일간 대치하는 가운데 제갈량은 오랜 기간의 누적된 피로로 인해 병을 얻어 마침내 54세를 일기로 세상을 떠난다. 유비의 삼고초려 이후 천하삼분지계를 위해 일생을 바쳤지만 결국 그의 꿈은 오장원에서 막을 내리게 되었다. 제갈량을 신출귀몰한 존재로 묘사해 왔던 『삼국연의』가 그의 죽음을 단순하게 묘사하지 않았음은 물론이다.

오나라가 위나라에 패했다는 급보를 듣고 충격으로 인해 쓰러진 제갈량은 자신의 생명이 얼마 남지 않은 것을 알고는 하늘에 빌어 생명을 연장하려고 한다. 제갈량은 장막을 치고 7일

동안 등불을 켜고 생명 연장을 위한 기도를 드린다. 하루, 이틀, 사흘, 나흘, 닷새, 엿새를 무사히 넘긴 제갈량은 이제 하루만 무사히 넘기면 12년의 생명을 연장받을 수 있게 된다. 그런데 애석하게도 급보를 전하러 온 위연이 등불을 꺼트리는 바람에 그의 꿈은 무산된다.

위연은 제1차 북벌 때 제갈량에게 정예병 5천 명만 주면 장안을 기습하겠다고 제안한 바 있지만, 너무 위험한 계책이라고 해서 거절당한 바 있다. 그리고 위연은 제갈량 사후 양의와 권력 투쟁을 벌이다 반란죄로 참수를 당하는 비운의 인물이다. 『삼국연의』에서 죽음이 임박한 제갈량은 자신의 후계자로 비위를 지명하고, 자신이 죽으면 퇴각을 하되 서서히 떠날 것을 명한다. 또한 나무로 자신의 모습을 깎아 수레 위에 얹고 가다가 사마의가 추격해 오거든 수레를 돌려서 보여 주라고 세세하게 지시를 내린다. 제갈량의 죽음을 안 사마의는 급히 촉군을 추격해 가지만 제갈량의 목상을 보고 계략에 빠진 줄 알고 꽁지가 빠지게 달아난다. 한참을 달리던 사마의는 부하에게 아직내 목이 붙어 있느냐? 하고 묻는다. 이 일을 두고 사람들은 "죽은 제갈량이 산 사마의를 달아나게 했다"(『삼국연의』 제104회)라고 하는 말을 전하는데, 이 역시 제갈량의 죽음을 안타까워하는 독자들에게 소소한 재미와 위로를 주고 있다.

실제로 사마의는 퇴각하는 촉나라 군대를 뒤쫓았으나 강유가 양의에게 명해 군기를 반대로 하고 북을 울리며 사마의를 향하는 것처럼 하자 물러났다고 한다. 이를 두고 사람들은 "죽은 제갈공명이 살아 있는 사마중달을 달아나게 했다"라고 했는데, 어떤 자가 이를 사마의에게 보고하니 "나는 산 자를 상대할 수는 있지만 죽은 자를 상대할 수는 없다"(『삼국지·촉서』「제갈량전」)라고 했다고 한다. 사마의로서는 궁지에 몰린 적을 몰아붙이는 것은 오히려 위험하다고 판단해서 물러났을 것이다.

여하튼 촉군이 물러난 후 제갈량의 군영과 보루 및 거처를 일일이 돌아본 사마의는 제갈량을 "천하의 귀재로구나"(『삼국지·촉서』「제갈량전」)라고 칭찬했다. 제갈량은 유언에 따라 한중의 정군산에 묻혔다. 정군산은 일찍이 노장 황충이 하후연을 격파한 곳이기도 하며 제갈량이 북벌을 감행했을 때 대군을 주둔시킨 곳이기도 하다. 죽어서도 한 황실의 재건을 바라는 제갈량의 강한 의지를 엿볼 수 있다.

제16장
삼국시대의 종언과 재통일

　제갈량이 죽은 후 얼마 지나지 않아 오나라의 손권은 형주의 파구에 군비를 증강했다. 표면적으로는 위나라의 공격에 대비하고 촉을 구원하기 위해서라고 했지만, 경우에 따라서는 위나라와 함께 촉나라를 분할하기 위한 흑심을 가졌던 것으로 보인다. 이 소식을 듣고 촉나라도 백제성에 군사를 강화했지만, 오와의 동맹 관계가 무너질 것을 우려해서 종예宗預를 사신으로 보냈다. 손권이 종예에게 "동오와 서촉은 한 집안에 비유되는데 서촉에서 백제성에 군사를 증강한 것은 무슨 연유인가?" 하고 질책하듯이 묻는다. 그러자 종예가 "동오에서 파구의 수비를 강화하고 서촉에서 백제성의 수비를 강화한 것은 피장파장이 아닙니까? 서로 문제 삼을 일은 아닌 것 같습니다"(『삼국지·촉서』「종예전」)라고 답했다. 이에 손권은 멋쩍은 듯 크게 웃으며 종예의 솔직함을 칭찬하고는 등지와 비위에 버금가게 예우했다고 한다. 이 일화는 『삼국연의』에서는 다소 과장되게 묘사되고 있는데, 손권은 금비전金鈚箭(사냥 전용 화살)을 꺾어 접으면서 자신이 동맹의 맹세를 접는다면 이 화살처럼 자손이 끊어질 것이라고 다짐한다(『삼국연의』 제105회).

『삼국연의』에서 손권의 다짐과는 달리 오와 촉의 동맹 관계는 형주를 둘러싼 공방 이래 언제 깨질지 모르는 불안정한 상태를 이어 가고 있었다. 그러나 위나라가 더 이상 촉나라를 공격하는 일은 일어나지 않았다. 위나라가 오와 촉을 동시에 상대하는 것은 버거웠기 때문에 비록 불안정하지만 삼국시대는 촉나라와 오나라의 동맹 대 위나라가 대결하는 형세로 일종의 유착상태에 빠지게 되었던 것이다. 북벌을 추진하던 제갈량의 사망 이후 위·촉·오 사이에는 아이러니하게도 오랜만에 평화 아닌 평화가 찾아왔다.

그러나 『삼국연의』는 제갈량의 사망 이후 급격하게 흥미와 긴장감이 떨어지면서 삼국시대의 대서사시를 마무리하는 단계로 접어들어 간다. 위나라에서는 명제 조예가 36세의 젊은 나이로 사망하고 어린 황제 조방曹芳(232년~274년)이 즉위하면서 대장군 조진의 아들 조상曹爽이 권력을 농단한다. 그러나 오래가지 않아 사마의가 군사를 일으켜 조상을 몰아내고 권력을 장악한다. 사마의가 죽은 뒤에는 그의 아들 사마사와 사마소가 권력을 이어받는다.

촉에서는 제갈량의 사후 강유가 군사를 일으켜 북벌을 시도하지만 별다른 성과를 거두지 못한다. 오나라 역시 형주와 합비 두 방면에서 위나라와 공방전을 벌이지만 역시 어느 쪽도 결정적인 승리를 하지 못한 채 교착상태에 빠지게 된다. 그런 가운데 촉과 오나라는 서서히 내부 균열로 인해 무너지게 된다.

삼국 중 제일 먼저 무너지는 것은 역시 국력이 가장 빈약했던 촉이다. 263년 위나라의 권력을 장악한 사마소는 정서장군 등애와 진서장군 종회 등에게 대군을 거느리고 대대적으로 촉을 공격하게 했다. 촉나라는 제갈량의 아들 제갈첨諸葛瞻과 손자 제갈상諸葛尙이 면죽관綿竹關에서 등애와 맞서 싸웠으나 위나라의 군세를 당하지 못했다.

면죽관 전투에서 제갈첨 부자가 패배하고 위나라 군대가 촉나라의 도성으로 향하자 유선은 광록대부 초주譙周의 계책을 받아들여 등애에게 항복하는 서신을 보낸다. 당시 유심劉諶은 아버지 유선에게 "함께 나라를 위해 싸우다 죽어 지하의 선제(유비)를 만납시다"(『삼국지·촉서』「후주전」)라고 간언했으나 받아들여지지 않자 처자식을 죽이고 자결한다.

얼마 후 유선이 장소와 등량鄧良을 낙현으로 보내 등애에게 항복한다는 서신을 보낸다. 그 후 등애가 도성에 이르자 스스로 결박을 하고서 항복을 청했다. 이로써 유비가 그토록 원했던 한나라 황실 부흥의 꿈은 사라지게 되었다. 그 후 유선과 가족은 낙양으로 옮겨져 안락현공安樂縣公에 책봉되었다. 유선은 태시泰始 7년(271) 71세로 세상을 떠났다.

진수는 유선에 대해 "현명한 승상에게 정치를 맡겼을 때는 도리를 따르는 군주였지만, 환관에 미혹됐을 때는 어리석은 군주였다"라고 평가하고 있다. 『삼국연의』에서도 유선은 권신 진지陳祗와 환관 황호黃皓를 총애해서 나라를 망친 무능한 인물로 묘사된다. 그의 아명인 아두는 이후 바보스러운 인물의 대명사로 사용되고 있다. 그러나 263년 위나라가 촉을 정벌할 때 위나라 황제가 내린 조서에는 "촉은 작은 나라로, 영토가 좁고 백성수가 적음에도 강유는 군대를 혹사하여 잠시도 쉴 수 없게 했다. 지난해에 강유가 전쟁에서 진 뒤, 답중沓中에서 둔전을 하며수많은 강족을 핍박하고 끊임없이 일을 시켜 백성이 명령을 견디지 못했다"(『삼국지·위서』「삼소제기」)라고 언급하고 있다. 위나라가 촉나라를 치려 한 원인이 강유에게 있다고 지적하고 있는것이다. 실제로 유선이 단지 우둔한 존재였다면 41년간이나 재위를 지킬 수 있었을까 하는 의구심도 든다. 다만, 아들 유심과는 달리 나라와 운명을 함께 하지 못하고 위나라 황제 밑에서구차하게 생을 마감한 것에 대한 아쉬움이 그에 대한 평가에악영향을 미쳤던 것이 아닐까 생각한다.

265년 12월 사마소의 아들 사마염司馬炎은 위나라 황제 조환曹奐을 협박해 선양의 형식으로 물려받아 즉위한다. 그리고 국호를진晉으로 바꾸었다. 위 왕조 역시 45년의 역사를 끝으로 역사속으로 사라지고 새롭게 진나라가 문을 열게 된 것이다. 한편,오나라 역시 4대 황제 손호孫浩가 즉위한 이후 손권 때의 기상은찾아볼 수 없게 된다, 그리고 마침내 280년 진 무제 사마염의공격을 받아 맥없이 무너지게 되었다. 이리하여 후한 말기 황건적의 난과 함께 일어난 수많은 영웅호걸들의 파란만장한 시대는 드디어 막을 내리게 된다.

『삼국연의』의 서두에서 "무릇 천하의 대세는 나누어진 지 오래되면 반드시 합쳐지고 합쳐진 지 오래면 반드시 나누어지는 법이다"라고 언급했듯이 천하의 대세는 이제 오랜 분열의 시대를 끝내고 통일의 시대를 맞이하게 된 것이다.

[세창명저산책]

세창명저산책은 현대 지성과 사상을 형성한 명저를 우리 지식인들의 손으로 풀어 쓴 해설서입니다.

· 세창명저산책은 계속 이어집니다.

[세창사상가산책]

세창사상가산책은 현대 지성을 형성한 사상가에 대한 새로운 이해이다. 동서양을 아울러 각 시대를 대표하는 인물들의 이야기를 엮어 시리즈로 출간하고 있으며, 다양한 분야의 인물들에 대한 출간을 계속 이어 가고 있다.

_ 출간예정도서

· **소크라테스** 읽기
· **후설** 읽기
· **비트겐슈타인** 읽기
    ⋮

· 세창사상가산책은 계속 이어집니다.

'정사와 연의로 보는 삼국지의 세계'

이 책은 역사학자의 견지에서 우리에게 익숙한 『삼국연의』
의 세계를 살펴보고 나아가 일반 독자들에게는 그다지 익숙
하지 않은 『삼국지』의 세계를 함께 살펴보고자 한다.
『삼국연의』가 허구를 통해 설명하고자 했던 진리는 무엇인
가? 이에 대한 해답을 추구하는 여정은 오늘날에도 우리가
왜 『삼국연의』를 읽어야 하는지에 대한 해답을 가져다줄 것
이라고 기대한다.

값 9,000원

02820

9 788955 866346
ISBN 978-89-5586-634-6

세창명저산책은 현대 지성과 사상을 형성한
세계의 명저를 우리 지식인들의 손으로 풀어
쓴 해설서입니다.